IOSEPH

LE

CHASTE,

COMEDIE:

PAR

Le Sieur du Mont-sacré, Gentil-
homme du Maine.

A ROVEN,

DE L'IMPRIMERIE,

De Raphaël du Petit Val, Libraire &
Imprimeur ordinaire du Roy.

1601.

Auec Priuilege de sa Majesté.

MADAMOISELLE
Madamoiselle de Lucé.

MADAMOISELLE,
Le Soleil de l'vniuers esclaira ces carmes recitez sur leur theatre, & celuy de vos vertus, les guidera dans son eternité: Aux chastes traits de vostre ame, nostre Ioseph alluma la sienne, tant qu'elle esblouist le vice, qui veille à sa surprise. Vous prendrez peine en lisant ces vers, & vous aurez honneur a les conduire, mais vous endormirez ce trauail, vous contemplant, dans le miroir de la Chasteté, que nostre Ioseph porte en son œure. Ceste vertu porte son prix en elle, & elle en vous, vous rend inestimable. I'y submets ces ouurages, dont la petitesse vous sera moins ennuyeuse, pour arrester le deploy de leur ignorance. Ie les vous dois, & tous les iours de mon seruice à Madame la Princesse vostre

4

mere, son excellence m'a honoré de son souuenir, au seul instinc de sa bonté, non de mes
seruices. Ie suis trop incapable de ce deuoir,
& elle trop digne pour y penser. Ie vous offre
ce vœu pour luy plaire, en vous honorant, digne heritiere de ses vertus. Elle se voit en
vous, & en vous ie l'honore : sous vostre tutel-
le, ce chaste & innocent liuret se iette, &
sous les lauriers de vos vertus

Vostre tres-humble &
inuiolable seruiteur

O. DV MONT-SACRE

ARGVMENT OV
ſuiet de la Comedie.

Oſeph le chaſte, vendu par ſes
enuieux freres à des Iſmaëlites,
& par eux à Putifar, graud maiſtre d'hoſtel du Roy Pharon, eſt
tellement recognu bon & fidelle, que ſon
maiſtre le commet chef de toute ſa famille. Sa maiſtreſſe embraſee de ſon amour,
en l'abſence de ſon mary, le ſollicite de
luy complaire. Il refuſe, elle veut le forcer, il fuit, & luy quite ſon manteau, qu'elle tenoit en ſa main. Putifar retourne de
la Court. Elle accuſe Ioſeph du crime, dõt
elle eſt coupable. Elle eſt creüe, & Ioſeph
mis en priſon. Il explique les ſonges de
deux officiers du Roy, priſonniers comme luy, dont l'vn eſt deliuré ſelon ſa Prophetie. Le Roy ſonge, & nul de ſes ſages
peut interpreter ſon ſonge. Ioſeph eſt
mandé, qui prudemment explique les ſonges du Roy, qui pour cêt œuure le tire de
priſon, & l'eſleue ſur tous les Princes d'E-
gypte, qu'il commet ſous le gouuernemét
de ſa prudence. Ce fait eſt au Geneſe chap.
37 39. & 41. & en Ioſephe li.2.ch.3. de ſes
antiquitez Iudaiques.

ACTEVRS.

PHARON	*Roy d'Egypte.*
PVTIFAR	*son Maistre d'hostel.*
TRIMEGISTE	*Conseiller.*
ANGENOR	*Cheualier.*
SVLPICE	*Conseiller.*
NOSTRADOR	*Cheualier.*
AMILLON	*Conseiller.*
IOSEPH	*le Chaste.*
GAVTIER	*Iardinier.*
ERNIER	*Laboureur.*
BRIANT	*Berger.*
ALMIDE	*femme de Putifar.*
NOVRRICE	
DAME	*d'honneur.*
ROBILLARD	*Geollier.*
FRIBOVR	*son valet.*
NIZART	*porte-vin au Roy.*
SOMMELIER.	
BOVLENGER.	

IOSEPH
LE
CHASTE,
COMEDIE.

ACTE PREMIER.

Prologue. Pharon. Putifar. Trimegiste.
Angenor. Sulpice. Noftrador. Amillon.

PROLOGVE.

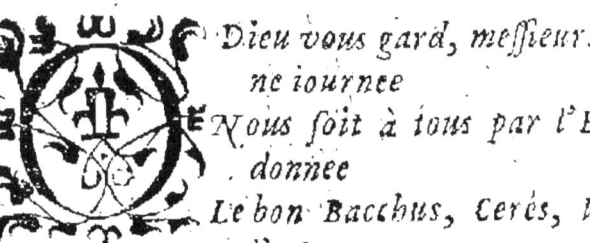

Dieu vous gard, meſſieurs, bon-
ne iournee
Nous ſoit à tous par l'Eternel
donnee
Le bon Bacchus, Cerés, Venus,
l'Amour,
Ainſi que nous vous donnent le bon iour,
Mais qui vous fait venir en ceſte place
Vous y tenans campez de bonne grace?
Ietans ſur nous les yeux doux & humains
Comme attendans vn preſent de nos mains

A iiij

Si cela est, vos attentes sont folles,
Car vous n'aurez de nous que des parolles,
Rien que des mots, qui meurent en naissant,
Pour estre vn rien en vn vent finissant,
Mais c'est à vous, c'est à ses belles Dames
Qui ont és yeux tant d'amoureuses flames,
Tant de beautez, tant de biens à foison,
A nous donner quelque agreable don,
Car leur amour, leurs traits, leurs bônes graces,
Et le doux ris de leurs celestes faces,
Passent en pris les dons les plus parfaits
Que tous les cieux excellens nous ont faits.
Dieux que i'en voy d'admirables & belles
O que d'esclairs en leurs douces prunelles,
Qui tellement ont consommé mes mots,
Que ie n'ay plus de voix ny de propos,
J'ay oublié ce que ie deuois dire,
Tant que confus d'icy ie me retire.
Or adieu donc, mais on me pousse auant
Pour faire icy vn Prologue sçauant,
Ces beaux autheurs veulent que ie commence,
Comme croyans que i'ay de la science,
Ils sont trompez: car mes foibles esprits
N'ont que les ieux du bon Liber apris,
Ie ne sçay rien qu'euiter mille blasmes,
D'estre ignorant a courtiser les dames.
Hé comment donc serois-ie suffisant,
De faire ici vn prologue duisant?
Sçauous que c'est, ie n'ay rien a vous dire
Sinon, paix-la, qu'on se garde de rire
Si fort, qu'on pisse à torrens & ruisseaux,
Car nous n'auons que faire de ces eaux,
Escoutez bien, comment si la risee,

S'eſt parmy vous ià follement meſlee,
Qui vous fait rire, or, ce n'eſt pas pour vous
Que ces garſons, ſi beaux, ſi chers, ſi doux,
Qui vont ici pour tels ſe faire croire,
Du bon Ioſeph repreſenter l'hiſtoire,
Et cependant moins ſage que tous eux,
Ils m'ont ietté pour Prologue à vos yeux,
Moy qui ne ſçais autre cas qu'ignorance,
Et ce ſçauoir eſt toutesfois ſcience.
Ne ſçauoir rien, n'eſt-ce ſçauoir tout bien,
Puis qu'on ſçait bien en ſoy que l'on ſçait rien,
Et ſçauoir rien, c'eſt ſçauoir toute choſe,
Puis que dans rien, la nature eſt encloſe,
Car rien eſt l'eſtre, & le treſpas ſuyuant,
De ce qu'on voit ou mouuant ou viuant,
Car Dieu de rien a tout fait par ſa dextre,
Et tout en rien vn iour ſe doit remettre,
On fait de rien ce qui vit, ce qui court,
Car l'or n'eſt rien qui nous fait faire tout,
Il s'en reua en poudre ſa naiſſance,
Et ce ſuiet n'a force ny puiſſance,
L'amour auſſi n'eſt rien, bien qu'ancien,
Ainſi des deux la fin eſt vn beau rien,
De rien on fait vn prudent mariage,
Pour rien auſſi on ſe bat, on s'outrage,
Illion fut, vn rien c'eſt auiourd'huy,
Et le Senat Romain eſt comme luy,
Tout le ſçauoir de la philoſophie
Eſt vn beau rien, car il meurt en la vie,
Et la vertu, dont l'effet eſt ſi fort,
N'eſt rien qu'vn rien, pour ceder à la mort.
Qui ſçait donc rien, ſçait tout ſçauoir vtile,
Qui rien ne ſçait, c'eſt vn fol mal-habile,

Ie ne sçay rien, & sçais tout cependant,
Pour sçauoir bien qu'en rien ie suis prudent,
Ne sçauant rien, rien ie ne puis deduire,
Et disant rien, toute chose puis dire,
Ce que ie dis est rien, on le sçait bien,
Ainsi ie faits vn prologue de rien,
La Comedie est vn rien en la sorte,
Car ce sont mots qu'vn vent de rien emporte,
L'autheur l'a faite en vn rien on le voit,
Et veut que rien encores elle soit,
Mais si ce rien en son tout la transforme,
De toute chose elle prendra la forme,
Vous y verrez vn amour qui n'est rien,
Bien qu'il ait en tout pouuoir pour soustien,
Et de Ioseph la continence entiere
Estre vn beau rien, n'en ayant eu salaire.
Du grand Pharon vn rien est le pouuoir,
Et de Ioseph moins que rien le sçauoir,
Puis que les dieux puissans n'ont peu deffendre
Qu'ils ne soyent rien, estans reduits en cendre,
Ainsi tout rien à vos yeux presenté,
Faut que disiez que rien on a chanté,
Et oyans rien, en son rien de puissance,
Aurez vuy tout ce qui est d'essence,
Ne sçachant rien, rien donc ie ne vous dis,
Et m'en retourne en mon rien que ie suis,
Pendant si rien, rien disant, ie vous donne,
Au moins en rien ie n'offence personne,
Mais ie m'envois, encor vn mot auant,
Ne vous allez d'iniures poursuyuant,
Si la voix fait au carme faute inepte,
Et pource aussi ne blasmez le Poete,
Car de long temps il sçait faire des vers,

Et son nom vit assez en l'vniuers.

ECHO.

Contentez-vous seulement que l'on tente
Rendre de tous l'ame gaye & contente. Tente.
Est-ce vn Echo qui m'a si tost ouy?　　Ouy.
O cher Echo ! en nostre iuste affaire
Dy, deuős-nous nos chastes ieux cy faire? Faire.
En aurons nous ou honte ou desplaisir? Plaisir.
Les escoutans de l'heur ou du malaise?　Aise.
Et nostre Scene aura-ell' deshőneur? Honneur.
Se fera-elle agreer ou desplaire?　　　Plaire.
Et nos autheurs pourrőt-il plaire à tous? A tous
Quelle sera leur gloire ores rebelle?　　Belle.
Et leur renom, encores incognu?　　Cognu.
Nous iourons donc, & ainsi le desire? Desire.
Nous presteras-tu ou nuisáce ou faueur? Faueur.
A nous ouyr ses auditeurs pretendēt? Tendent.
Puis qu'ainsi est commençons de courage
Pour plaire à tous nostre agreable ouurage.
Or escoutez, & nous laissez parler,
Si vous voulez contens vous en aller,
Mais qui sont ceux qui en grandeur exquise
Venans vers moy, ie contemple & aduise,
Ho, c'est le Roy, faut luy quitter le lieu,
En vous disant, bon iour, bon soir, adieu.

Pharon.

Puis que ie suis le Roy des puissans rois,
Et que chacun obeit à mes loix,
Que le ciel mesme heureusement m'honore,
Et que la terre à vœux sacrez m'adore,
Que tout me craint, & mon diuin pouuoir
S'estend par tout où Phebus se fait voir
Ie veux aux dieux de ce pays d'Egypte,

Rendre cent fois grace d'vn tel merite,
Les adorer, & de vœux immortels.
Faire fumer leurs superbes autels,
Benir le iour, ce Soleil qui flamboye
Donnant à tous & la vie & la ioye,
Ce beau Soleil, nourricier de nos corps,
Et qui retient en mutuels accords
Les elemens, qui feroyent fans fon ordre
Touſiours confus en immortel defordre.
O beau Soleil, qui en ton heureux tour
Vas r'alumant la torche du beau iour,
Qui de clarté les aſtres illumine,
Et le contour de la ronde machine,
Qui dans la mer te mires lumineux,
La faiſant voir orgueilleuſe à nus yeux,
Et qui redonne aux animez la grace
De s'eſiouir en l'obiet de ta face,
Tant que chacun ou par chants, ou par cris,
Pour ton retour paroiſt de ioye eſpris.
O cler Soleil! ie t'adore & reuere,
Car tu nous rends la vie & la lumiere,
,, Des puiſſans Rois le denoir foucieux,
,, Eſt d'honorer à leur leuer les dieux,
,, Cèt œuure doit preferer toute emprife
,, Puis que des dieux la puiſſance ils ont prife,
,, Car louer Dieu, c'eſt vers luy s'acquiter,
,, N'eſtans formez que pour fon los chanter,
Apres cela faut qu'vn bon Prince penfe
A gouuerner fon peuple par prudence,
A rendre à tous la iuſtice & les loix,
Car elles font regner les puiſſans rois,
A fuprimer par la peine le vice,
Et a nourrir le bien par la iuſtice,

Ainsi faisans, ils acquerront du los,
Et leur peuple est en eternel repos,
Donc mille fois ils sont benis en terre,
Car le peuple est ennemy de la guerre,
Et ne cherist que ceux là, qui en paix
Vont gouuernant doucement leur païs,
Ainsi ie regne, & ore en ceste sorte
Mon peuple vit sans mal qui le transporte,
Tout vit en paix, & ie veux longuement
Entretenir ce saint contentement.

Putifar.

Bien que la paix à tous soit profitable,
Elle n'est tant que la guerre honorable,
Le fer nous fait les peuples conquester,
Et aux suiets viuement redouter,
Le fer asseure, & nous, & nostre empire,
Et dans nos mains rend l'honneur qu'on desire,
Car l'on ne voit point le peuple s'armer
Contre vn Roy fort, qui le peut supprimer,
Il craint toufiours sa royale puissance,
Mais il mesprise, & luy & sa prudence,
,,Regne de fer dure eternellement,
',,Regne de loix, suict au remutment,
,,L'on craint le fer, la loy peu l'on reuere,
,,Car l'vn occist, & l'autre est debonnaire.
Or sus, grand Roy, sans estre plus oiseux
Allons chercher l'honneur ambitieux,
Allons courir sur l'estrangere terre,
La conquestans par le fort de la guerre,
,,L'oisiueté n'appartient nullement
,,Aux Rois formez pour le commandement,
,,Ains seullement aux lasches de courage,
,,Qui pour repos cherchent le doux seruage,

C'eſt trop regner ſans braue faire voir
Aux ennemis l'effort de ſon pouuoir,
,, Et qui puiſſant, n'employe ſa puiſſance
,, Pour mettre tout ſous ſon obeiſſance,
,, Semble vn treſor dans la terre caché,
,, Qui eſt ſans prix pour n'eſtre recherché.
Or ſus grand Roy, allons faire paroiſtre
A nos voiſins l'effort de noſtre dextre,
Conquerons tout. Pharon. Que reſte-il encor
Qui n'obeiſſe à noſtre ſceptre d'or?

Putifar.

La Grece entiere, & la Perſe ciuile,
Qui porte en ſoy mainte puiſſante ville.

Trimegiſte.

Tous les combats, les aſſaux eſtrangers
Qu'on va cherchant parmy mille dangers,
Tous les pays qu'on prend pour ſa conqueſte,
Et c'eſt honneur qu'en combatant on queſte,
Ne ſont-ils pas ſeullement pour auoir
Vn doux repos, & en repos ſe voir,
Pour aſſouuir noſtre brulante enuie
Qui ne ſe paiſt que de l'heur de la vie,

Pharon.

Ouy ſans doute. Trimegiſte. O Sire ſans cela
N'auez-vous pas toutes ces choſes là?
N'eſtes-vous libre, & gouſtant à plaine ame
Les voluptez dont l'appaſt nous enflame?
N'auez-vous pas cent villes, cent citez,
Cent riches biens, & mille voluptez.
Qui vous deſdit? qui de fait ou parole
Trouble voſtre aiſe, & vos plaiſirs controlle?
Qui vous moleſte, & qui de fier vouloir
Va reſiſtant à voſtre alme pouuoir?

Qui vous rauist la gloire plus cherie,
Que vos vertus ont cherement nourrie?
Qui vous controlle, & qui a le desir
De s'opposer à vostre heureux plaisir?
Tout est à vous, que faut-il dauantage
Pour le repos d'vn Roy vaillant & sage?
Puis que ces biens par la guerre promis,
Sont bien à vous malgré vos ennemis,
Qu'est-il besoin, au fond de mille paines,
Et au milieu des guerres inhumaines
De les chercher, si vous en iouyssez
Sans ces trauaux mortels & insensez?
Laissez le sang, Mars, le fer & Bellonne,
Goustant le bien que la paix nous ordonne.

Pharon.

C'est mon desir, mais on ne laisse pas
D'auoir le cœur desireux des combats,

Angenor.

Combats vrayement le ciel de nostre gloire,
Où la vertu graue nostre memoire,
Combats vrayment le burin immortel
Dont nous grauons nos noms dessus le ciel,
Combats qui sont le champ, & la semence
De nos vertus, & de nostre vaillance,
Par qui lon gaigne & l'honneur & les biens,
De ceux qui sont ennemis anciens.
Le docte acquiert du los pour estre sage,
Et le nocher pour cognoistre l'vsage
Des creuses mers, le peintre pour auoir
De son riche art l'vsage & le sçauoir:
Mais des grans Rois la loüange ordinaire,
Est de domter par leur dextre guerriere,
De conquerir, de forcer tous les Rois

Qui sont voisins, d'obeir à leurs loix,
,, Ce braue effet est la mort de leurs vices,
,, Et les combats sont leurs seuls exercices,
C'est leur deuoir, ainsi comme au chasseur
Chercher des bois la nocturne espoisseur,
Pour y trouuer la fere qui sauuage
Luy fait suer en chassant le visage.
Des Rois la chasse, & leur esbatement
Doit tousiours estre aux hommes seullement,
Apres les grands, & leurs tables ouuertes.
Des chefs des Rois doyuent estre couuertes,
Cela tout seul les fait craindre, honorer,
Et comme dieux aux peuples adorer,
,, Car qui n'a force à la force contraindre,
,, Ne peut à nul iamais se faire craindre,
Et qui n'est craint, est mocqué à tous coups,
Hay, fuy, & mesprisé de tous,
Sus donc au fer pour estre redoutable.

Pharon.

C'est vn moyen extreme & miserable.

Sulpice.

Extreme il est en toute extremité,
Et de malheurs extremes assisté,
,, C'est le malheur extreme d'vn grand prince,
,, Car qui n'a point de suiets, n'a prouince,
,, N'a de pays, & par le fer regnant
,, Tous ses suiets le vont abandonnant,
,, La loy qui rend le suiet redeuable
,, Deuers son Roy, fait aussi le semblable
Enuers le prince, & l'vn sert à son Roy,
,, L'autre deffend son suiet par la loy
,, Regne de fer, par le fer s'extermine,
,, Regne de paix, en la paix s'enracine,

,, Et quiconque a son principe incertain,
,, Ne peut auoir de cours ferme & certain,
,, Mais ce qui est ferme en son premier estre,
,, Ferme touiours fera son cours paroistre,
Mars est muable, & les effets douteux,
Astree ferme, & ses faits glorieux,
Suyuons la paix mere à chacune vtile,
Qui peine n'a, qui ne soit tresfacile,
Fuyons le fer qui destruit les citez,
Bien qu'elles soyent franches d'aduersitez,
Regnez grand Roy assis dedans la chaire
Du doux repos de nos ans tutelaire,
Et moissonnez le doux fruit guerdonneur
Que vos vertus vous offrent en honneur,
Laissant le fer aux princes sans empire,
Qui vont cherchant l'estat pour le destruire.

Pharon.

I'en suis d'aduis, car ce n'est plus de los
De conquerir, que garder son repos.

Nostrador.

Et quoy garder? il n'est point de muraille
Puissante assez, ny superbe, qui vaille,
A conseruer l'honneur que, l'on requiert,
Que celle là que le fer luy acquiert,
C'est son vray ciel, où ce grand Dieu repose,
Que pour couronne heureuse il se propose,
C'est son seiour, & sans luy qui le met
Sous sa valeur, naissant il se deffet,
Qui n'a la force a guerroyer la force,
D'estre puissant contre vn fort ne s'efforce,
C'est l'entretien du pouuoir des grans Rois
Et le seiour où reposent les loix,
Le fer trenchant detrenche toute chose,

Que ſa fureur follement on oppoſe,
Il coupe tout, & par tout ſe fait iour,
Comme vn tonnerre ayant couru le tour
Du ciel couuert, en fin creue la nue,
Et roule en terre en ſes flancs toute eſmue,
Le meſme fer a rendu vos ayeux
Rois de paix, & faits victorieux,
Forſans, briſans l'ennemy de leur gloire,
Et deſſus luy emportans la victoire.
O puiſſant Roy, ſes faits recommençons
Et nos voiſins infidelles forçons,
Contraignons ceux qui n'ont encore notice
De voſtre eſtat, de vous rendre ſeruice,
De vous iurer obeiſſance & foy,
Comme vn ſuiet doit iurer à ſon Roy,
Et en tous lieux où le Soleil ſe mire,
Grauons le merc de voſtre iuſte empire,
C'eſt vn honneur qui n'a point de pareil,
Celebre aux Dieux, & luiſant au Soleil.

Pharon.

L'honneur eſt grand que la guerre nous dõne,
Mais le repos ſent vn choſe bonne.

Amillon.

C'eſt le ſeul roch deſſus qui ſe fait voir
Touſiours aſſez des princes le pouuoir,
Hà c'eſt l'effet de leur attente humaine,
Car leur plaiſir eſt de regner ſans paine,
Et de ſe voir obeir ſans trauaux,
Que les combats leur cauſent mille maux,
Mille ſoucis, mille couſts & malaiſes,
Et le treſpas de leurs opulens aiſes:
Meſme ſouuent leur apportent la mort,
Où vont changeant la gloire de leur ſort,

Leur rauiſſant & le ſceptre & l'empire,
Pour les combler de regret & martyre,
„Car qui s'aſſeure aux promeſſes de Mars,
„Eſt bien ſouuent trompé dans ſon haſaras,
„Et qui fait mur ſur ſon ſable muable,
„Le voit ſouuent renuerſé miſerable.
Chaſſons la guerre, oſtons la trahiſon,
Et iouyſſons du repos à foiſon,
Faiſant florir la ſainte republique
Aux doux Zephirs de la paix angelique.
Sire, il le faut, & ne point eſcouter
Ceux qui voudront cèt effet conteſter.

Pharon.

I'en ſuis d'aduis, & ſans faire autre choſe
Que tout mon peuple en repos ſe repoſe.

Putifar.

Qu'on face donc de meſmes enterrer
Le ſaint honneur, qui nous fait honorer?

Trimegiſte.

Mais que pluſtoſt par la paix on le ſente,
Car des diſcords, aucun los ſe preſente.

Angenor.

Qui a donc fait les Nobles, que l'honneur,
Qu'ils ont acquis par leur maſle valeur?

Snlpice.

Mais qui a fait cèt honneur venerable,
Que la iuſtice, en la paix pardurable?

Noſtrador.

Mais, & qui peut faire regner la loy,
Que la valeur qui l'aſſeure dans ſoy?

Amillon.

Il n'eſt beſoin de force en la iuſtice,
Ny de combats quand chacun eſt ſans vice,

Pharon.
,, *La force est iointe à la necessité.*

Putifar.
,, *Sans la valeur ne vaut la maiesté.*

Trimegiste.
,, *Raison en paix, & fureur en discorde.*

Angenor.
,, *Les grands debats, le grand pouuoir accorde.*

Sulpice.
,, *Qu'est-il besoin de discords en la paix?*

Nostrador.
,, *De faire craindre aux mutins la pais.*

Amillon.
,, *Lon craint la loy, mais on force la force.*

Pharon.
,, *Encontre vn Roy obey, nul s'efforce.*

Putifar.
,, *Mais qui le fait obeir que l'acier?*

Trimegiste.
,, *La foy qu'on a, qu'il est bon iusticier.*

Angnnor.
,, *Bon pour vn regne en volontez vnique.*

Sulpice.
,, *Qui est meilleur qu'vn estat pacifique?*

Nostrador.
,, *Celuy qu'on gaigne au fer de la vertu.*

Amillon.
,, *Pauure est l'estat qui est trop debatu.*

Pharon.
,, *Et grand l'honneur du Roy qui se conserue.*

Putifar.
,, *Que la vertu dont à la honte serue.*

Trimegiste.

,,Mais que la force obeïsse à raison.

Angenor.

,,Que sans valeur soit donc ceste saison.

Sulpice.

,,Mais que la Loy regiße toute chose.

Nostrador.

,,Que le repos pour gloire on se propose.

Amillon.

,,Mais que chacun conserue l'equité.

Pharon.

,,C'est le seul bien de l'alme royauté.

Putifar.

,,Mais le suiet qui la rend mespriseé.

Trimegiste.

,,La Loy est plus que la force prisee.

Angenor.

,,Donner la Loy appartient au plus fort.

Sulpice.

,,Mais à la Loy a brider son effort.

Nostrador.

,,Il n'est d'estat sans force ny rapine.

Amillon.

,,Tels estats sont fort suiets à ruine.

Pharon.

C'est assez dit, car ie veux desormais
Regir mon peuple en iustice & en paix,
N'en parlons plus, & qu'on face iustice
De ces meschans, remplis de malefice,
Dont l'vn des deux contre toute raison,
M'a presenté la mortelle poison
Depeschez-les, que leur procez on face,
Et quelqu'vn d'eux pour ce crime trespasse.

Trimegiste.

Il sera fait, ô Roy plein de renom
Dont chacun craint, la iustice & le nom.

SCENE II.

Ioseph. Gautier. Ernier. Briane.

IOSEPH.

O Dieu des dieux dôt les saintes merueilles
Vont remplissant nos yeux & nos oreilles,
Roy du haut ciel, qui contre nos desseins
Faits prosperer les œuures de tes mains,
Qui vas trompant par œuures eternelles
Les vains pensers de nos ames mortelles,
Et qui du mal que fols nous commettons,
Fais vn grand bien dont apres nous sentons,
Ainsi que fait le medecin insigne,
Qui de poison fait vne medecine,
La preparant de sorte à nostre corps,
Que les venins elle en iette dehors.
O Dieu du ciel! hé qui sera capable
De rendre honneur à ton nom venerable?
A ta bonté, à ta sainte mercy,
Qui a des tiens si cherement soucy?
Et qui parmy l'orage & la disgrace,
Les faits surgir à l'heureux port de grace.
Hà ie le sçay, comme tesmoin certain
De ta bonté, ore i'en parle à plein,
Et iustement, puis que ie fais espreuue

Combien en toy de clemence se treuue,
Combien de grace & prouidence aussi
Qui a des tiens si cherement soucy,
Ainsi que fait la plus courtoise mere
Qui de son fils est guide tutelaire,
Et qui ne peut de fait ou de souhait,
Quiter celuy qui va tetant son lait.
Ie ieune enfant enuié de mes freres,
Pour auoir eu les graces plus prosperes,
Et plus de part en la sainte amitié
De mes parens, plus de zele & pitié,
Pour auoir sceu par songes veritables
Tes saints secrets, aux mortels admirables,
Et pour auoir controllé les pechez
Dont ils estoyent sallement entachez,
Fus par leurs mains vendu, mis en seruage
Et forbanny de mon cher parentage,
Chassé des miens, & comme serf vendu
Bien que pour mal le bien i'eusse rendu,
En appaisant le bon Iacob mon pere,
Contre leur vice infame & adultere,
Mais la vertu a tousiours pour loyer
Le mal, qui vient à elle se lier,
Pour destourner par sa fiere presence,
Ceux qui voudroyent l'auoir en reuerence,
Et l'on n'a veu iamais de vertueux
Sans estre enclos de cent mille enuieux,
Car la vertu est deesse honorable,
Mais l'enuie est sa file abominable,
Ainsi ie suis serré de durs liens,
Et mis es mains des noirs Egyptiens,
Qui m'ont vendu a Putifar mon maistre,
Que Dieu m'a fait doux & benin cognoistre,

I'ay nom Ioseph, qui ay cognu de Dieu
Le saint secours en cét estrange lieu,
Bien que ie sois de condition seruile,
Et que de soy ma fortune soit vile,
Que ie sois serf, esclaue, seruiteur,
Et sous le ioug d'vn estranger seigneur,
Dieu toutesfois m'a donné tant de grace,
Qu'il m'a commis franchement en sa place,
M'a fait trouuer grace, amitié, apuy,
Vers mon seigneur, qui m'aime autant que luy,
Tant qu'il a mis tout son bien en ma garde,
Et commande qu'aux autres ie regarde.
Or ie regis au gré de mon vouloir,
Tout ce qu'il a de biens en son pouuoir,
Tout gist en moy, & seruiteur vtile
I'ordonne tout l'estre de sa famille,
De sa maison, de ses biens à planté,
S'estant fié en ma fidelité,
Il le peut bien, car que plustost ie meure
Qu'autre desir en mon ame demeure,
,, Qui n'a de soy n'a point de Dieu aussi,
,, Car par la foy, on le cognoist ici,
,, Et ceste foy seule nous rend aimables,
,, Puis qu'elle rend les volontez semblables:
Mais ie m'en vais appeller tout soudain
Ses seruiteurs de mon seigneur humain,
Pour sçauoir d'eux si d'vne grace bonne
Vn chacun fait dextrement sa besongne,
Ce n'est assez à nous seuls d'estre bons,
Faut rendre aussi pareils nos compagnons.
Hau, compagnons, venez & qu'on n'y faille,
Pour m'enquerir comme chacun trauaille,
Hola, Gautier, fais-tu bien le iardin?

Gaut.

Gautier.

Ouy, Ioſeph, i'y trauaille ſans fin,
Il eſt tout verd, & mainte riche plante
Ores y croiſt en bon fruit abondante,
Le baſme y eſt, qui les playes guariſt,
Et la ſantè heureuſement nourriſt,
Les bons ſucrins y ſont en abondance,
Les artichaux, les pois à ſuffiſance,
Les choux, le tin, febues, pourpier auſſi,
Et le ſaffran, mon plus chery ſoucy,
Aſperges, lin, choux pommez & lettues
Oignons, perſil, & arroces pointues,
Bonne poree, & gentil romarin,
Bettes, refforts, naueaux, ſerfueil bien fin,
Sauge, ſoucy, œillets, & mariolaine,
Et mille fruits pour emplir la bedaine,
De bons cytrons, orenges en tout temps,
Fruits de grenade, és pommiers rougiſſans,
Mais par ma foy ie ſuis en grand querelle
Contre Briant le poltron infidelle,
Qui a vuidé ma bouteille d'vn coup,
Comme i'allois courant apres le loup:
Car le vilain m'appelle de la ſorte,
Diſant, le loup vne brebis emporte,
Courons apres, cependant que i'y cours,
Le poltron boit mon flaccon en deux tours,
Hoſte Ioſeph, ò faites m'en iuſtice.

Ioſeph.

Ie le ſeray chaſtier de ce vice,
Or ſus apres, as-tu bien labouré
Ernier, qui as ce meſtier deſiré?

Ernier.

Ouy, Ioſeph, voyez-vous pas nos pleines,

B

De beau froument seillonner toute plaines?
Voyez-vous pas nos seigles se fleurir,
Nostre orge aussi à demy se mourir,
Nos froumens noirs qui ià monstrent l'oreille,
L'auoine belle & de grande merueille,
Nos poix en fleur, & bref nos champs couuers
De mille bleds, qui ià ne sont plus vers,
Mais qui s'en vont iaunissant quatre à quatre,
Tant qu'il faudra dans ce mois les abatre?
Nous en aurons en si grande planté,
Que parmy nous ne sera pauureté,
Ny faim, ny soif, car mes vignes sont belles,
Qui toutes ont lames toutes nouuelles,
De beaux raisins, qui sont mon cher souci,
Et les pommiers feront de sidre aussi
Tant que boirons à tresgrande liesse:
Mais ha Briant m'a fait vne finesse,
Car il m'a dit que dans les bleds nouueaux
Il auoit veu deux ieunes perdreaux,
Et en allant les chercher de courage,
Il a mangé mon pain & mon formage,
Ho, faites-m'en ie vous prie raison.

Ioseph.

Ie le feray, dis-moy mauuais garson
Pourquoy fais-tu à ceux-cy tromperie?

Briant.

O bon Ioseph ie vous affie
Qu'à nul pour manger on fait tort,
Car tost nous mange-ra la mort:
Au plus fin est tousiours la poche,
Et qui en son ventre n'empoche
Du vin, du pain, du lard, du lait,
Ne dormira point à souhait,

Et qui iourra de la babine,
Toufiours en faifant bonne mine,
Ne mourra point beuuant cent tours,
Pour cela ie mange toufiours,
Voyez fi ma raifon n'eft bonne,
Car nul ne meurt qui ne s'eftonne,
Et qui toufiours braue boira,
Sans doute iamais ne mourra,
Mais dequoy te plains-tu beau fire?

Gautier.

Tu as beu mon vin d'vne tire.

Briant.

Et toy villain chien enragé?

Ernier.

Mon formage tu as mangé.

Briant.

Efcoutez pour ne vous defplaire,
Ie veux ce que ie fais deffaire,
N'eftes-vous pas de cêt aduis?

Gautier.

Ouy pour moy. Ernier. Et moy fi fuis.

Ioseph.

Auant, Briant, que l'on me die
Comme va de ta bergerie,
Comme fe porte ton troupeau,
Et ton mefnage toufiours beau,
Si les pres font plains de verdure,
Et les chiens gras, & quelle cure
Tu as de feruir en bonneur
Putifar, noftre cher feigneur.

Briant.

Tous les aigneaux font gras de forte,
Qu'il faut fouuent que ie les porte

Dedans le pré, ils sont si gras
Que i'en ferois vn bon repas,
Les chéures sont tresbonne mine,
Ma foy si i'estois en cuisine
Et qu'vne en donnast volontiers,
I'en mangerois quatre quartiers,
Nos moutons sont couuers de laine,
Que la forte fiéure quartaine
Puisse estrangler de part en part,
Qui en mangeroit sans ma part:
Nos brebis sont grasses & belles,
Et pour faire des escarcelles
La peau seroit de riche pris,
Nos chéureaux grands & petits,
Sautent comme font les gensd'armes
Ayant trouué parmy leurs armes
Quelque pillage affriandé,
Mais nostre grand chien Fouquaudé
En estrangla vne en la prée,
Nostre femme en fut si outrée,
Qu'elle en elinda de son fruit,
Fouquaut est vn chien de grand bruit,
Et Malherbe friant qui happe
Tout ce qu'il trouue sur la nappe,
Mais ma foy le braue Brifaut,
Print l'autre iour vn bon leuraut,
L'ayant escorché à la fesse,
Barde la lisse tousiours vesse,
Et si puant qu'elle nous fait
Quiter le logis tout affait,
Amy, sens-tu point son derriere?

                    Gautier.

Ma foy, ie te feray bien taire,

Et parler de ton fait, vois-tu?
Briant.
Les autres sont pleins de vertu,
Fouquaut, merdaut, connaude, lice,
Grippard qui les autres pelice,
Mercourt, grascul, & slacquambart,
Sirelin, michard & grippelard,
Ceux-la sont en bon equipage,
Fronard respandit le potage,
Et le mangea, le vieux pelé,
Comme pisser i'estois allé,
Joseph, est-ce pas belle chose?

Ioseph.
Sus, qu'vn chacun de vous tous se dispose
A bien seruir nostre maistre si bon,
Qui nous fera à chacun bon guerdon,
Or que chacun de vous tous s'en retourne
Recommencer son heureuse besongne,
Pendant qu'ailleurs ie vois seruir sans fin.
Adieu garsons. Gautier. *Monsieur, mon vin,*
Que ce vilain là me le rende.

Ernier.
Et mon formage ie demande.

Ioseph.
Rens-leur leurs biens vilain Briant.

Briant.
Ie le veux bien, mais il nous faut
En vser tous de ceste sorte,
Gautier autre bouteille apporte,
Qui soit aussi pleine de vin,
Toy, Ernier, vn formage fin,
J'apporteray vne oye entiere,
Et en faisans tous bonne chere,

B iij

Accorderons nos differens.

Gautier.

Ie le veux bien. Ernier. Cela i'entens.

SCENE III.

Alinde. Nourrice. Dame 1. Dame 2.

ALINDE.

Qve sens-ie en moy qui consomme ma vie
Dans les appas d'vne brulante ennie?
Que sens-ie en moy engendrant dans mes sens
Mille souhaits en fureur languissans?
Qui ores forts, & ores sans puissance,
Me font trembler de crainte & d'esperance?
Quel neuf desir rampant dedans mes os,
Va trauaillant mon coustumier repos?
Quel soin peruers alentissant ma ioye,
D'vn mal secret me fait estre la proye?
Ie brule toute, & vne viue ardeur
Enflamme à coup mon miserable cœur,
Ores en feu ie rougis enflammee,
Ores en froid ie tremble my-pasmee,
De l'vn & l'autre agitee en mes os,
Comme vn vaisseau sur les pariures flots,
Qui ore à gauche est poußé par l'orage,
Ores à droit vers vn autre riuage,
Ores qui saute à la face des cieux,
Ores s'enterre aux pieds des rochers creux,
Ore en espoir de voir le port qu'il queste,

Ore en frayeur d'esprouuer la tempeste,
Ore en effroy de couler en la mer,
Ore asseuré d'euiter au danger.
J'en suis ainsi, & de diuerse attainte
Je suis batue & d'espoir & de crainte,
Hà, qu'est-ceci! & verray-ie long temps
Dans ce malheur se consommer mes ans?
Helas, ie meurs de souhait trop extresme,
Et puis ie vis au gré du souhait mesme!
Ie veux iouyr d'vn neuf contentement,
Que ie cognois en feinte seullement,
Et ce plaisir en son fait impossible,
Retranche en moy ce desir si nuisible,
L'ardeur m'y porte, & l'honneur me retient,
Honte m'en chasse, & l'amour m'y soustient.
Hà, qu'est-cecy? auant ce neuf martire
Tout m'estoit libre, & ne faisois que rire,
Ie pouuois tout, ores serue ie suis
De mille fers, de mille longs ennuis,
Lors que ie veux en ma liberté viure,
Ie ne sçay quoy m'empesche de la suiure,
Et quand ie cherche à mon mal du support,
Son remede est ma deplorable mort.
Hà que de maux talonnent nos annees,
Que de meschefs nos lentes destinees,
Qui voit leuer le Soleil tout ioyeux,
Le voit coucher ayant la larme aux yeux,
Et rien n'est seur icy que l'inconstance,
Qui vit tousiours, où tout en decadence
Va promptement, aussi les premiers cieux
Sont inconstans, & inconstans leurs feux.
Hà, qu'est-cecy? en si cruelles craintes
Las! ie ne puis donner treuue à mes plaintes,

B iiii

Ha, ha, ie meurs! Nourrice. Hé qui vous fait
Et follement vos saisons martyrer?   (plorer
Qui vous peut nuire? & qu'elle chose a vie
Qui face force à voftre ardante ennie?
Qui vous afflige, & qui eft affez fort
Pour apporter à vos fens deconfort?
N'eftes-vous pas l'efpoufe legitime
De Putifar, que tout le monde eftime?
De ce grand Duc, tant chery de fon roy,
Qui voit chacun trembloter deffous foy?
Si opulent, fi riche, & magnifique,
Que l'on le tient en tout pouuoir vnique?
Que vous faut-il? & qui peut empefcher
Voftre defir en fon fruit s'eftancher?
Tout eft à vous, & d'vne amour extrefme
Voftre mary fidellement vous ayme,
Tous fes moyens, fes ferfs, fes feruiteurs,
Sont dediez à vos iuftes honneurs,
A vous feruir, & bref tout vous abonde
De ce qui regne amoureux en ce monde.
,, Mais fi commun nous eft le changement,
,, Qu'on porte ennie à fon contentement,
,, Et ce plaifir comme le mal ennuye,
,, Tant folle & fotte eft noftre courte vie.
,, Tant que chacun bien qu'heureux icy bas
,, Se plaint du ciel, chagrine fes esbas:
,, Mais qui vous peut troubler en voftre ioye,
Si tout vous fert, fi tout vous eft en proye,
Si tout vous rit, fi le ciel rit autour
De vos beaux yeux où feiourne l'amour?
Si d'efprit beau tresbelle il vous a faite,
Et fi de front vous reluifez parfaite,
Oftez ce dueil, oftez-le mon foucy,

Et sans raison ne vous plaignez aussi,
,, Car qui se plaint des cieux sans iuste chose,
,, Encontre luy leur vengeance dispose,
,, Et qui se fait chetif malgré le sort,
,, N'est plaint d'aucun ny ploré à sa mort.

Alinde.

Ah, vn malheur que ie n'oserois dire
Cause, ô douleur le mal que ie souspire!

Dame 1.

Hé quel malheur! ceux-la sont malheureux
A qui le sort se monstre iniurieux,
Qui n'ont d'espoir au mal qui les eslance,
Ny point de fruit de leur sainte esperance,
Qui ont desir, & qui n'ont le pouuoir
Les fruits heureux d'en prendre & receuoir,
Dont l'œil chetif, au fort de sa misere
N'aduise rien qui ne luy soit contraire,
Mais vous, madame, a qui le bon heur rit,
Dont le vouloir n'a point de contredit,
Qui pouuez tout, qui peut fascher vostre ame
Que la vertu heureusement enflamme?
Qui peut gesner vostre esprit indomté,
Empescher l'heur de vostre liberté,
Et dans vos sens esmouuoir du martire,
Puis que tout vit seullement pour vous rire?
Ostez ce dueil, & si vostre desir
S'estend au bien de quelque doux plaisir,
Faut l'accomplir, vous le pouuez, madame,
Et alleger heureusement vostre ame,
Tant seulement faites-nous le discours
De la douleur qui obscurcist vos iours,
Et si le bien qui vous est necessaire,
Pour degager vostre esprit de misere

B v

Fst en nos mains, prenez-le, & appaisez
Les desplaisirs dont vos sens sont vsez.

Alinde.

Retirez-vous, & me laissez seullette
Songer au mal qui cruel me moleste,
Fors vous, Nourrice, & demeurez ici
Pour soulager mon angoisseux souci.
Nourrice, helas ! si onc tu eus enuie
De soulager la course de ma vie,
De m'assister, & prester ton secours
Pour deuider heureusement mes iours,
Helas ! sois moy à ceste heure propice,
Ou bien ie meurs, ô ma chere Nourrice !

Nourrice.

Dites, madame, hé bon Dieu commandez
Ma vie aussi & mes ans demandez,
Ils sont à vous & auant que ie faille
De vous seruir, que le trespas m'assaille ;
Que craignez-vous ? hé, ne sçauez-vous pas
Que ie ne crains pour vous aucun trespas ?
Las ! commandez, & le ciel aduersaire
Ne me sçauroit empescher de vous plaire,
Tant seullement contez-moy vos douleurs.

Alinde.

Helas, amour est cause que ie meurs !

Nourrice.

Amour ! & bien n'est-il pas legitime,
De Putifar c'est l'amour que i'estime,
C'est fort bien fait qu'aimer bien son espoux,
Mais pour cela quel aide voulez-vous ?

Alinde.

Ah, ce n'est pas celuy là qui me domte !

Nourrice.
Vous n'en pouuez auoir d'autre sans honte.

Alinde.
Ie n'ose aussi, Nourrice, le conter.

Nourrice.
Qui vous fait donc tant de fois lamenter?

Alinde.
Sa cruauté qui engendre ma peine.

Nourrice.
S'il est cruel il faut que l'on l'esteigne.

Alinde.
Ha, ie ne puis, sans esteindre mes iours.

Nourrice.
Faut donc chercher contre luy du secours.

Alinde.
Hé, quel secours que par la iouyssance?

Nourrice.
Celuy qu'on treuue en la sainte constance.

Alinde.
Helas! qui peut à l'amour resister?

Nourrice.
Celuy qui peut brauement le domter.

Alinde.
C'est vn pouuoir dont diuin est l'essence.

Nourrice.
C'est vn pouuoir né en nostre impuissance,
Mais quelle amour vous embrase le cœur?

Alinde.
C'est de Ioseph nostre bon seruiteur.

Nourrice.
Comment aimer vn esclaue, vn infame?

Alinde.
L'amour n'a point de respect en sa flame.

Nourrice.

Un Hebrieu, vn serf trop mal apris!

Alinde.

Ah, tel qu'il est, il regist mes esprits.

Nourrice.

Cela du tout à vous est dissemblable.

Alinde.

Hé s'il est beau, ne m'est-il tout semblable?

Nourrice.

S'il faut aimer, faut aimer ses esgaux.

Alinde.

S'il faut aimer, il faut aimer les beaux.

Nourrice.

Lon aime ceux de nature pareille.

Alinde.

On aime ceux dont l'amour nous resueille.

Nourrice.

Et quoy, Ioseph peut-il vous esmouuoir?

Alinde.

Moins beaux que luy ont bien eu ce pouuoir.

Nourrice.

Ayez-le aussi d'y faire resistance.

Alinde.

Coment! n'ayant plus sur moy de puissance?

Nourrice.

Ostez ce mal de vostre royal cœur
Qui ne vous peut rendre que deshonnieur.

Alinde.

Il faut auant, que ma main asseruie
Oste à mon corps la miserable vie.

Nourrice.

C'est donc fureur qui vous trouble le sens.

Alinde.

Non, c'est amour que viuement ie sens.

Nourrice.

Mais cêt amour n'est pas du mariage.

Alinde.

Non, ma nourrice, aussi, las ! il m'outrage.

Nourrice.

Puis qu'ainsi est, n'esperez guarison
Que par la main de la sainte raison.

Alinde.

Puis que de toy autre secours n'espere
I'en trouueray ailleurs de salutaire.
Or sus entrons, & tu verras ce iour
Que ie puis bien sans toy guarir l'amour.

SCENE IIII.

Robillard. Fribour. Pennetier.
Nisart. Eschanson.

ROBILLARD.

Hola, Fribour, hau bonne garde
A nos prisonniers qu'on regarde,
S'ils ont point detaché leurs fers,
Car tous les diables des Enfers,
Engloys, Escossois, & Reistres,
Ne sont si fins que ces belistres.

Fribour.

Ie vois voir s'ils sont endormis.

Eschanson.

Donnez l'aumosne mes amis

Aux prisonniers ie vous supplie.

Pennetier.

Pour Dieu passans prenez enuie
De nous donner biens à foison.

Fribour.

Ho, vertubieu, quelle chanson?

Eschanson.

Nobles seigneurs, bourgeois & Dames
Donnez à ces chetiues ames,
Aux prisonniers cy detenus.

Pennetier.

Donnez-nous de vos reuenus,
Argent, or, pain, vin, ou viande,
Et apres que Dieu le vous rende.

Fribour.

Mon maistre. Robillard. Vilain que veux-tu?

Fribour.

Je vous prie par la vertu
Du meilleur vin de la Gascongne,
Qu'aux prisonniers du vin on donne,
Et qu'on leur en porte soigneux,
Car par ma foy i'ay pitié d'eux.

Robillard.

Comment veux-tu que ie t'en baille,
Je n'en ay point, denier ny maille
Afin d'en aller achetez,
Quand i'en ay ie le sçay pinter,
De sorte que rien n'en demeure,
Car en beuuant, faut que ie meure.

Nisart.

A la court m'en aller il faut,
Porter ce vin puissant & chaud,
C'est pour le Roy, on luy enuoye

Pour sa bonté, à tresgrand ioye.

Fribour.

Mon maistre, trompons ce vilain.

Robillard.

Or fais-y vn coup de ta main.

Fribour.

Mais aidez-moy en cêt affaire.

Robillard.

Ie n'y faudray, laisse-m'en faire.

Nisart.

Or ie m'enuois donc par ma foy
Porter ce vin clairet au Roy.

Fribour.

Dieu-gard amy, Dieu-gard beau sire.

Nisart.

Ho, compagnon, que veux-tu dire?

Fribour.

Que porte-tu en ce flaccon?

Nisart.

Du vin au Roy. Fribour. Pauure garson
Tu es perdu, ma foy sans rire,
I'ay pitié de te voir destruire,
Tu seras pendu sans douter.

Nisart.

Comment, pendu! Fribour. Las pour porter
Ce vin au Roy, car il fait pendre
Tous ceux qui luy en veullent rendre,
Pour croire que tout est poison,
Regarde vn peu en la prison
Le Sommelier, qu'on pourra pendre,
Pour auoir commis telle esclandre.

Sommelier.

Passans de grace & d'amitié,

Helas, ayez de nous pitié.

Pennetier.

Donnez l'aumofne on vous fupplie,
Pour aider noftre pauure vie.

Nifard.

Hà par tous nos Dieux tu dis vray,
Sont des prifonniers que iè voy.

Fribour.

Tu le feras en mefme forte,
Si ce vin là au Roy tu porte.

Nifart.

Dis-moy donc comme ie feray?

Fribour.

Baille-m'en, & ie goufteray,
Pour voir fi c'eft poifon bien forte,
Qu'en ce flaccon au Roy tu porte.

Nifart.

O ie t'en prie bon garfon.

Fribour.

Hola, hola, ho c'eft poifon,
Je meurs, ie meurs, hé Dieu mon maiftrè
Ce poifon à mort me va mettre,
Ha, ha, ha, ha, ba, beu, ba, beu,
Hà ie meurs pour auoir trop beu.

Nifart.

Hà, le pauure garfon trefpaffe.

Robillard.

Mefchant, tu mourras en la place,
Tu as mon homme empoifonné,
Hà, tu feras emprifonné,
Et pendu pour ta fiere offence,
Mon valet eft mort que ie penfe,
Hà mon valet, Fribour, Fribour.

Fribour.

Hua, hua, bribur, bribur.

Robillard.

Las, il est mort, c'est chose seure,
Tu en mourras meschant pariure.

Nisart.

Helas, monsieur, pour Dieu merci.

Robillard.

Baille ce poison que voici
Que ie le monstre à la iustice.

Nisart.

Las tout est à vostre seruice,
Hé, dites monsieur, pardonnez moy.

Robillard.

O pauure valet que ie voy
Mourant de mort cruelle & fiere.

Nisart.

Ie m'enuois fuir en arriere,
Cependant qu'il est amusé
A son valet my-trespassé.

Robillard.

Au meurtrier qui se desrobe,
Ho, qu'on le prenne par la robe,
Au volleur, à l'empoisonneur,
Prenez, prenez-le gens d'honneur.

Nisart.

J'eschappé à grand merueille.

Robillard.

Fribour, nous auons la bouteille,
Or allons boire volontiers,
Auecques nos deux prisonniers.

Fribour.

O vertu-bieu bonne nouuelle,

Que la bouteille est fresche & belle,
Or allons boire de bon cœur.

Pennetier.

Y a-il point quelque seigneur,
Ou quelque Dame âgee & bonne,
Qui helas nous donne l'aumosne?

Eschanson.

Hà bon Dieu, nous mourrons de faim!

Fribour.

Attens, attens, attens, vilain,
Car nous t'allons porter à boire.

Robillard.

A grand peine i'eusse peu croire,
Que si subtil tu eusse esté.

Fribour.

Or allons boire à grand planté,
Tien, compagnon. Pennetier. Bonne vendange.

Robillard.

Mais ma foy il faut que ie mange,
Ho, Fribour, tu bois largement.

Fribour.

O diable, ie sçay bien comment
Le vin derobé lon égoutte.

Eschanson.

Au moins donnez-m'en vne goute.

Fribour.

Tien, compagnon. Pennetier. Et moy aussi.

Robillard.

Ho, ho, vous auez bien soucy
D'emplir vos ventres à ceste heure,
Baille-moy du vin sans demeure.

Fribour.

O maistre, attendez que i'aye beu.

Robillard.

Vous faites du rustre corbieu,
Vous serez froté de courage,
Et soup, & soup Fribour. *Morbieu i'enrage*
Ie me deffendray de ce coup,
Et soup, & soup, & soup, & soup.

ACTE II.

Alinde.   Nourrice.

ALINDE.

Voy donc amour occupant ma
  pensee
Rendra tousiours ma raison in-
  sensee?
Ie seray donc en eternel esmoy
Sans que pas vn prenne souci de
Et endurant le tourment qui m'affole (moy?
Ne trouueray aucun qui me console?
Ie seray donc languissante à ma fin
Sans rencontrer vn sage medecin,
Et trauaillant au fond de mon dommage,
Ne trouueray aucun qui me soulage?
Non plus que ceux que l'on voit des rochers
Perir au fond des infidelles mers,
Sans que personne aille d'vne main promte
Les deliurer du mal qui les surmonte,

Ie seray donc abandonnee ainsi
Sans voir aucun prendre de moy souci,
En cependant mon amoureuse enuie,
Ira tuant mon repos & ma vie,
Mon feu cruel s'allumant de plus fort
Dedans mon cœur, pour luy causer la mort,
Et ce Ioseph, cet Hebrieu seuere
N'aura donc point pitié de ma misere,
Et en viuant exempt de mon esmoy,
M'ira brauant, & se mocquant de moy,
Me refusant d'vne fiere iniustice
De son secours, à ma douleur propice?
Et plus encor ma nourrice qui voit
Mon chaud amour, & sa flamme apperçoit,
Ne respandra quelque sacré breuuage
Dessus son feu pour esteindre sa rage,
Ie seray donc en mon mal importun,
Pour ne guarir quittee de chacun,
Et tristement de tous abandonnee
Au sort cruel, & à la destinee?
Non, c'est trop fait, & c'est trop endurer
Sans se vouloir du malheur retirer,
Mais sus, il faut que ma main s'euertue
A resister au tourment qui me tue,
Il faut le vaincre, & d'vn superbe effort
Chasser au loin la rigueur de son sort:
,,Car celuy n'est plaint en aucune sorte
,,Qui ne resiste au mal qui le transporte,
,,Et qui se laisse à faute de bon cœur
,,Vaincre au tourmēt, n'est plaint en sō malheur
Mais, las! comment pourrois-ie estre maistresse
De ce destin qui durement me blesse?
Comment le vaincre, & en quelle façon

Tirer mon cœur de sa iuste prison?
Comment guarir? si le temps qui tout mange
Croist ma douleur, & la rend plus estrange?
Comment, ô dieux! en mourant promptement,
Car la mort est la fin de tout tourment:
En me tuant, & d'vne mesme lame
L'amour qui tue & enflamme mon ame.
Sus donc mourons, & finissant mes iours
Qu'au trespas seul ie doyne mon secours,
C'est assez dit, sus que ce fer saccage
En mon malheur, & mon corps, & ma rage.

Nourrice.

Las! au secours, ô bon Dieu! qu'est-ceci?
Et qui vous fait vous desperer ainsi?
Las! qui a-il qui arme vostre dextre
Encontre vous, pour au tombeau vous mettre?
D'ou viët ce mal? Alinde. De l'amour, & de toy,
Qui n'as pitié de mon cruel esmoy,
Mais hors d'icy, afin que ie me tue.

Nourrice.

Las au secours! Alinde. Sus, que ie m'éuertue
A m'eschaper de tes mains pour mourir.

Nourrice.

Helas! venez, madame secourir.

Alinde.

Non, laisse moy, il faut que ie trespasse.

Nourrice.

Plustost cent fois ie meure en vostre place.

Alinde.

Ta mort ne peut ma peine secourir.

Nourrice.

Hé, prenez donc ma vie a vous guarir.

Alinde.   (meure!

Laiſſe-moy faire. Nourrice. *O que pluſtoſt ie*

Alinde.

Or ſi faut-il que ie meure à ceſte heure
Ou que ie ſois. Nourrice, *Et quoy?* Alinde. *En*
ce doux iour,
Il faut. Nourrice. *Et quoy?* Alinde. *Iouyr de*
mon amour.

Nourrice.

De quel amour? Alinde. *De quel amour!* Nour.
Et voire.

Alinde.

Ne le ſçais-tu? Nourrice. *Nenny, & ne puis*
croire
Que l'amour ait pouuoir de nous tuer.

Alinde.

Or ſus, tais-toy, il faut m'euertuer
D'ouurir mon ſein de ce fer qui flamboye,
Mais quoy mourir? c'eſt perdre toute ioye,
C'eſt n'auoir plus de ſentiment humain,
Et ſupporter vn tourment inhumain,
La mort m'eſtonne, & ma voix qui l'appelle
Tremble de peur, & mon genouil chancelle,
Le poil me dreſſe, & de toutes les pars
Ie ſens en moy mille friſſons eſpars,
La main me tremble, & mon ame s'eſtonne,
Mon œil de peur horriblement friſſonne,
Vne ſueur où ma vigueur ſe fond,
A gouttes d'eau degoutte de mon front,
Mon ſein pantelle, & en tremeur, à peine
Puis-ie tirer ma languiſſante haleine,
Mon ſens ſe trouble, & mes vitaux eſprits
Sont de frayeur mortellement eſpris,

Non, ie ne dois mourir de telle sorte.
Hé, pourquoy non? puis que la mort apporte
A tous malheurs, à tous maux langoureux,
Et aux douleurs, le repos bien-heureux,
Faut donc mourir? arriere toute crainte,
Faut que ma vie en ce coup soit esteinte,
Puis que ie suis sans espoir de iouyr
De mon Ioseph, qui me peut esiouyr.

Nourrice.

Hé, attendez, auant que vous deffaire
Ie vois plustost à vostre vueil complaire,
Vous faire auoir le fruit de vos desirs,
Et rendre tout conforme à vos plaisirs,
Plustost vous faire auoir la iouyssance
De mille humains, & en vostre puissance
Mettre & Ioseph, & encore tous ceux
Dont vostre cœur deuiendra amoureux:
,, Car il ne faut fuir aucune peine
,, Pour euiter à la mort inhumaine,
,, A rien ne faut pardonner ici bas
,, Pour nous tirer des griffes du trespas,
,, Car toute chose estant au monde nee
,, A nous seruir se trouue destinee,
,, Et faut briser loy, & respect humain,
,, Au parauant que mourir par sa main,
,, Mettre sous pied tout deuoir, toute enuie,
,, Au parauant que voir finir sa vie,
Car estant morte, elle ne reuient pas,
Où tout se peut recouurer icy bas,
Plustost, plustost iouyssez à la suite
De tous les preux de la terre d'Egypte,
De tous humains, si c'est le gré du sort,
Au parauant que vous sentiez la mort,

Et parauant que le trespas vous touche,
Plustost souillez de Putifar la couche,
,, Voire & cent fois, il n'est crime si fort
,, Qui soit plustost a fuir que la mort,
Consolez-vous, & me laissez parfaire,
Car ie sçauray bien tost vous satisfaire
Vous amenant Ioseph presentement,
Afin d'auoir de luy contentement.

Alinde.

Je t'en supplie, ô ma chere nourrice,
Si tu ne veux que lasse ie perisse,
Car autrement ie ne puis viure vn iour,
Pour ne pouuoir durer sans son amour.

Nourrice.

Retirez-vous, & voyez en attente,
Que vous serez par mon aide contente,
Que vous aurez, Ioseph dedans ce iour,
Pour estancher l'ardeur de vostre amour.

SCENE II.

Ioseph.   Nourrice.

IOSEPH.

O Que ie sens, que ie vois & contemple
Combien de Dieu la majesté est ample,
Combien puissant, puissant est son pouuoir
Qui dans les cieux immortel se fait voir,
Dans les Enfers, sur la terre & es ondes,
Et bref parmy les troupes vagabondes

Des

Des animaux, qui sur le front levé
Le saint pouuoir de Dieu portent graué.
Sa seule main a formé toute chose,
Et sa prudence amplement la dispose,
Son seul pouuoir a fait tout ce qui vit
Et son sçauoir saintement le conduit.
Puissante en œuure, & prudente en conduite
Seule sans fin sa maiesté est dite,
C'est le Dieu seul, le Roy le tout parfait,
L'omnipotent, qui fait tout & deffait,
Et non ces dieux, ou plustost ces idoles
Vains en effet, & menteurs en paroles,
Dieux des gentils, ouurages de leurs mains,
Dieux impuissans, peruers, & inhumains,
Que ces payens adorent infidelles,
Les ayans faits de leurs mains criminelles:
Ainsi l'ouurage est adoré par eux,
Et non l'ouurier qui fabrique les dieux.
O pauures gens! n'auez-vous cognoissance
Que ces dieux là n'ont aucune puissance?
Qu'ils sont sans voix, bien qu'ils semblēt auoir
La bouche ouuerte a faire ce deuoir?
Qu'ils n'ont du sens, encor qu'ils vous raportent
Qu'ils n'ont point d'yeux, bien que des yeux ils
      portent
Qu'ils sont sans force, & aisez a briser,
N'ayant d'effort qui les face priser.
O pauures gens! chacun en sa folie
Se forme vn dieu du desir qui le lie,
Donnant le nom de Dieu plein d'action,
A son souhait, & à sa passion,
Sans s'aduiser qu'il est vn Dieu celeste,
Qui d'vn seul mot toute chose a parfaite,

Vn Dieu qui bon, & iuſte, & tout puiſſant
Va l'vniuers par ſes loix regiſſant,
Sans endurer pres de luy l'iniuſtice,
Aymant le bien, & puniſſant le vice.
C'eſt ce Dieu là que i'adore en mon cœur,
Comme puiſſant, & regnant en honneur,
Comme diuin, eternel en clemence,
Qui ne reçoit aucune decadence,
Touſiours eſgal, qui n'a eſtre ny fin,
Et qui aux pieds ſaboulle le deſtin,
Qui regiſt tout, dont la dextre diuine
Commande au ſort, & les aſtres domine,
Et ces dieux fols ouurage des humains,
Cent fois en moy ie hais comme vains,
Comme impuiſſans, muets, & ſans parole
Qui ne ſont rien qu'vne trompeuſe idole.
Or en apres ayant ſeruy le Dieu
De mes ayeux, & de mon peuple vieu,
Ie veux penſer à mon loyal office,
Faiſant touſiours à mon maiſtre ſeruice,
A Putifar, regiſſant par raiſon
Iointe à la foy, le bien de ſa maiſon,
Et luy ayant le bien, moy le merite,
De mon deuoir ainſi ie ſeray quitte,
Or ie vois donc penſer à ce deuoir,
Le parfaiſant à mon foible pouuoir.

Nourrice.

Voila mon homme, & voicy l'heure bonne
Pour l'accoſter, car ie ne voy perſonne,
Il eſt tout ſeul, en bon lieu, fort diſpos
Pour eſcouter mes amoureux propos,
O Cupidon! ô Venus honoree!
Et en Paphos ſaintement adoree,

Je vous inuoque, & appelle à la fois
Pour me donner le pouuoir, & la voix,
La grace, & l'heur de faire de la sorte
Qu'à ma maistresse vn bon aide i'apporte,
Et que ie chasse en sorte, qu'à plaisir
Ce ieune fils contente son desir,
C'est le mestier à celles de nostre âge,
De s'adonner à l'amoureux message,
Et ne pouuans de nous faire plus rien,
Faire qu'autruy par nous gouste ce bien,
Ainsi tousiours on se rend necessaire,
Soit en faisant, ou bien le faisant faire.
Or ie vois donc ce ieune homme accoster,
Les dieux, Ioseph, puissent te contenter,
Et que ton cœur que la valeur inspire,
Gouste par eux tout le bien qu'il desire,
Hé, que fais-tu ainsi seullet icy?

Ioseph.

De bien seruir mon maistre i'ay soucy,
Ie pense au bien de sa chere famille,
Pour n'estre point seruiteur inutile,
Mais ma maistresse, est-elle en doux repos?
Faut la seruir de fait & de propos,
Luy obeir d'vne constance grande,
Car mon seigneur ainsi me le commande,
I'ay tout pouuoir en toute sa maison
Fors dessus elle, & ie dois par raison
La bien seruir, comme espouse & amie
De mon seigneur, qui en moy se confie.

Nourrice.

Madame est saine, elle a le cœur content,
Et de toy seul bon seruice elle attent,
Elle est ioyeuse, & ie suis à mon aise

Puis qu'elle vit exempte de malaise,
Car le seul bien du seruiteur soigneux,
Est voir son maistre & content & ioyeux,
Mais toy Ioseph que sur tous ie reuere,
Tu semble tout à mes yeux solitaire,
Triste, & pensif, & semble que ton cœur
Soit trauaillé d'vn soucy rauisseur,
Qui rend ainsi soucieuse ton ame,
C'est volontiers l'amour de quelque dame,
Car la ieunesse est compagne d'amour,
Et dans ses feux sa flamme fait seiour,
Car ieune il veut la ieunesse à compagne,
Ainsi chacun de son pair s'accompagne,
Si c'est l'amour qui te trauaille ainsi,
Ie te promets de chasser ton soucy,
Et de t'aider, en ce fait la ieunesse
Tire souuent secours de la vieillesse,
Car elle sçait les tours & les retours,
Pour en amour auoir passé ses iours,
Or, dy-moy donc si l'amour te domine?

Ioseph.

Ouy, nourrice, & peu à peu me mine.

Nourrice.

Qui cêt amour a conceu dans ton cœur?

Ioseph.

Vn bon suiet, & tout riche d'honneur.

Nourrice.

Tu ne dois donc t'attrister ce me semble,
Car au suiet tousiours l'effet ressemble.

Ioseph.

Ie ne suis pas aussi triste d'aimer.

Nourrice.

Qu'est cêt amour qui te peut enflammer?

Ioseph. (forte)

Vn amour vray. Nourrice. *Il n'en est d'autre*

Ioseph.

Vn vif amour qui hors moy me transporte.

Nourrice.

Tout amour est furieux à foison.

Ioseph.

Le mien pourtant est tout plein de raison.

Nourrice.

Ce n'est donc pas vn amour vehemente.

Ioseph.

C'est vn amour qui pourtant me tourmente.

Nourrice.

Il n'y a point de tourment sans effort.

Ioseph.

Il n'est desir brulant, qui ne soit fort.

Nourrice.

Mais ton amour est-il plein de furie?

Ioseph.

Non, il est doux, & pourtant m'iniurie.

Nourrice.

Sont accidens contraires en vn corps.

Ioseph.

Sont accidens semblables en accords.

Nourrice.

Comment cela? Ioseph. *Pour aimer de iustice.*

Nourrice.

Mais cet amour est-il exempt du vice?

Ioseph.

Il est tresiuste. Nourrice. *Il ne fait dõc du mal.*

Ioseph.

Si fait pour estre en aimant trop loyal.

Nourrice.

Ie n'entens point cet amour si estrange.

Ioseph.

Cet amour est digne de grand loüange.

Nourrice.

Il n'est donc pas ny cruel ny tranſi.

Ioseph.

Si est, pourtant, pour me donner ſouci.

Nourrice.

Mais, dis-moy donc quel amour, ce peut estre?

Ioseph.

C'est celuy là de Putifar mon maiſtre,
De le ſeruir ſans y eſpargner rien,
Craindre pourtant de ne l'accomplir bien,
Voila l'amour & le deſir enſemble,
Qui fait qu'aymant tout de crainte ie tremble.

Nourrice.

Ho, tu me trompe, penſant en verité
Que ton amour fuſt de quelque beauté,
De quelque fille, ou bien de quelque femme
Qui euſt eſpris de paſſion ton ame,
Car n'es-tu pas en âge pour aimer?
N'es-tu gentil pour te faire eſtimer?
N'as-tu le cœur de nature capable
Pour receuoir vne amitié loüable?
N'as-tu l'ardeur pour vnir aux doux feux
Dont l'amour brule & la terre & les cieux?
N'es-tu diſcret, loy la plus neceſſaire
Au vray amant qui taſche a ſe complaire?
N'es-tu diſpos, & riche de ſanté,
Bien en amour des dames ſouhaité?
N'es-tu gaillard, & en cet âge tendre
Où l'amour peut de ſes feux nous eſprendre?

Qui te peut donc destourner de l'amour?
Aime, Ioseph, aime pour estre vn iour
Au rang de ceux dont la gloire est parfaite,
Car sans l'amour la ioye est imparfaite,
Il est autheur de tout bien desiré,
Tout bien aupres est vn mal asseuré,
Le seul amour est la douce fontaine,
Où le bien croist, où se noye la peine,
Tous autres biens le sont de passion,
Et celuy l'est de nom & d'action.
Or aime donc, & en ce doux affaire
Ie te promets mon aide necessaire.

Ioseph.

Tu ris de moy, Nourrice, & tu me veux
Outre mon vueil rendre tout amoureux,
Tu veux couler au bal de ton langage
La folle amour en mon chaste courage,
Et embraser d'vn amour violent,
Vn esprit froid comme vn marbre relant,
Apartient-il a vn serf miserable,
Qui tient sa vie en present redeuable,
Au seul vouloir de son maistre son honneur
D'aimer quelqu'vn, autre obiet, autre image
Que celuy là de son seigneur plus sage?
Non, ie n'ay point d'autre amour, & ne veux
Estre iamais d'autre bien amoureux,
Mais c'est passer trop de temps en folie,
Il faut aller où mon deuoir me lie,
Adieu Nourrice. Nour. O Ioseph où vas-tu?
Vrayement, ie suis prise de ta vertu,
Ie t'aime plus que ma plus chere vie,
Comme parfaite, & de gloire accomplie

C iiii

Ce que i'ay dit eſtoit pour l'eſprouuer
Et, comme ay fait, pour braue la trouuer,
Puis qu'ainſi eſt, ie la priſe & l'admire,
Mais hau, Ioſeph, madame te deſire,
Elle te veut parler comme ie croy
De quelque fait, qui dépend tout de toy,
Allons vers elle. Ioſeph. Allôs, & que ie puiſſe
Luy faire bon & vtile ſeruice,
C'eſt mon deſir, que le ſien contenter,
Pour de ma charge à elle m'acquiter,
A cet effet ie donneray ma vie,
Tant de luy plaire ardante i'ay l'enuie.

Nourrice.

Puis qu'il eſt là, il eſt pris, c'en eſt fait,
Tout ira bien, tout ſera ſatisfait,
Madame aura le bien qu'elle deſire,
Et moy l'honneur de guarir ſon martyre,
Car vn Lyon, vn Tygre, en ſa fierté,
N'eſchaperoyent de ſi viue beauté,
Et vn acier vne lame, vne roche,
Seroyent briſez des feux qu'elle decoche.

SCENE III.

Pharon. Putifar. Trimegiſte. Angenor.
Sulpice. Noſtrador. Amillon.

PHARON.

Apres auoir vni à mon plaiſir
L'heureux effet de mon ardant deſir,

Jouy des biens qui tombent en penſee,
Apres leſquels court noſtre ame inſenſee,
Et ſauouré les ioyes à planté
Que porte en ſoy vne ample royauté,
Gouſté le miel des royalles delices,
Où ſe nourriſt le poiſon de tous vices,
Et ce doux bien d'vne ample liberté,
Qui n'a de cours qu'en ſon cours arreſté,
Ores il faut, impolu de tout vice
M'aſſoir au lict de la ſainte iuſtice,
Rendre le droit, exercer mon deuoir,
Et rendre tout content ſous mon pouuoir.
,, La meſme loy qui au ſuiet commande
,, Rendre à ſon Roy l'obeiſſance grande,
,, Le franc deuoir, le tribut, & la foy,
,, Commande au Roy rendre au peuple la loy,
,, Faire iuſtice, ainſi ces deux loix iointes,
,, Ne ſeront point ſeparement eſtaintes,
,, Elles auront vie en vn meſme corps,
,, Ou vne mort en mutuels accords,
Comme on ne peut eſtaindre vne partie
D'vn feu brulant agité de furie,
Eſpris à coup en vn buſcher de bois,
Qui brule ſec à vne ſeule fois:
,, Ainſi la loy du prince, aux ſiens commune
,, Ne peut courir de diuerſe fortune.
Or faiſons donc la iuſtice ce iour
Ores par crainte, & ores par amour.
Or ſus, ſeigneurs, y a-il quelque choſe
Qu'à la iuſtice auiourd'huy l'on propoſe?

Putifar.

Sire, il te faut abſoudre ou condamner
Ceux là qui ont voulu t'empoiſonner,

C v

Faut les punir, s'ils sont trouuez coupables,
Ou les lascher s'ils ne sont punissables,
Car de laisser si long temps en prison
Ces malheureux, sans leur faire raison,
C'est ne garder les loix de la iustice,
Qui aux peruers ordonnent le supplice,
Et le salut auec la liberté,
Aux innocens qui meschans n'ont esté,
Sire, songez à ce fait necessaire.

Pharon.

C'est bien parlé, & ce fait ie veux faire.

Trimegiste.

Auoir voulu empoisonner le Roy!
Quel crime enorme & horrible de foy?
O quel forfait! c'est de la republique
Couper le chef heureux & pacifique.
O quel peché! c'est perdre à vne fois
Le bien du peuple, & le salut des Rois.
O quel mesfait! c'est renuerser tout l'ordre
Et mettre tout en vn espois desordre.
Le Roy est chef du peuple son seul corps,
Dont les esprits, & les effets sont morts,
Lors que ce chef est coupé, dont la perte
De tout ce corps est le tresbas funeste,
Ainsi qui ose attaquer ce seul chef,
Perd tout le peuple, & cause son meschef.

Pharon.

Il est certain, faut en faire iustice.

Angenor.

Sire il le faut & d'vn cruel supplice,
Pour deterrer à l'œil de sa fierté,
Ceux qui voudront commettre impieté,
Faire ce mal: l'exempte du supplice

Le plus souuent nous detterre du vice,
Et mesme alors qu'il s'agist quelquefois
Du bien du Roy, du public, & des loix,
Car ces forfaits sont de telle nature
Qu'ils sont punis par seule coniecture,
Et le supplice aux successeurs s'estend,
Tant que chacun iustement le resent,
Punissez donc ce traistre abominable,
Qui a commis ce forfait execrable.

Pharon.

C'est mon desir ioint à la sainte loy.

Sulpice.

Cetuy peruers qui veut trahir son Roy,
Ou se prenant à sa propre personne,
Ou à ses biens, ou estat, & couronne,
Ne peut fuir vn supplice cruel,
Car son forfait en maux est immortel,
Iamais la loy aucune grace ne donne
A celuy là qui vn autre empoisonne,
Qui de venin se sert a faire mal,
Car c'est vn crime horrible & desloyal,
Qui se commet sous l'amitié iuree,
Qui par ce mal est toute dechiree,
Où lon se peut garder de la fierté,
D'vn fier voleur, sçachant sa cruauté,
Voila pourquoy il faut punir ce crime,
Afin que Roy tresiuste on vous estime.

Pharon.

Il faut le faire, & ne plus differer.

Nostrador.

Voire & le nom du meschant enterrer
Parmy sa vie, en la mort qui cruelle
Doit corriger sa faute criminelle,

Car celuy là doit trespasser tousiours,
De nom, de vie, & de race, & de iours,
Qui a voulu meschant, & temeraire
Mettre la main sur le Roy nostre pere,
Nostre seigneur, & dont la Maiesté
Tient le public en son authorité,
Iamais ne faut faire de luy memoire,
Comme priué & de vie & de gloire,
Comme ennemy & du vouloir des dieux,
Des saintes loix, & de nos peres vieux,
Car ce forfait ne perd vne personne,
Ains tout vn peuple, & toute vne couronne,
Auisons donc a punir ce peruers.

Pharon.

De vos aduis pour ce fait ie me sers.

Amillon.

   C'est vn aduis qui est si necessaire,
Que quand au prince il ne pouuoit complaire,
Faudroit pourtant le tirer en effet,
Tant vtile est la mort de ce forfait,
Tant exemplaire, & tant il est inique
Ne punir point vne faute publique,
Vn mal qui peut estre vn cruel flambeau
A vn public, pour le mettre au tombeau.
,, Les Rois ici portent l'alme figure
,, Des puissans dieux, immortels de nature,
,, Leur seul pouuoir ressemble au leur diuin,
,, Et comme dieux leur nom n'a point de fin,
Quiconque donc veut sur eux entreprendre,
Veut aux grans dieux, non aux hômes se prêdre,
Et comme tels il faut qu'ils soyent punis,
Estans peruers en crimes infinis.

Pharon.

Pour terminer cet acte tous ensemble,
Que le conseil tout entier on assemble,
Et que bien tost on acheue ce cas,
Sans s'amuser à tant de neufs debats.

SCENE IIII.

Alinde. Ioseph. Nourrice. Dame.
Briant. Gautier. Ernier.

ALINDE.

ET bien Ioseph, que fais-tu à ceste heure
Que Putifar si loin de nous demeure,
Que pres du Roy il est presque tousiours
Nous laissant seuls ici passer nos iours,
Mettant sur toy le faix de sa famille,
Et me priuant de sa presence vtile?
Hà, ie m'en plains, l'acte d'vn bon espoux
C'est d'estre pres de sa femme à tous coups.

Ioseph.

Madame, il faut excuser ceste chose,
Car le Roy seul de nos vouloirs dispose,
De nos trauaux, & en tous ses souhaits
Comme il le veut se sert de ses suiets,
Il a besoin de Putifar mon maistre,
Et c'est honneur qu'à son Roy vtile estre,
,, *Le bien seruir, & pour ceste raison*
,, *Se voir souuent hors sa riche maison:*
Il ne faut donc pour ce vous donner peine,

Ains des grans dieux loüer la grand hauteur,
Qui ont donné à mon maistre l'honneur,
Qu'estre cheri du Roy nostre seigneur,
Car celuy là qui au Roy trouue grace,
Et qui se rend agreable à sa face,
Est bien-heureux, & des dieux bien aimé,
Suyui, cheri, & de tous estimé,
Il peut beaucoup pour toute sa prouince,
Et pour tous ceux qui ont besoin du prince,
Puis que ce bien arriue à mon seigneur,
Tenez-le à bien, & à gloire, & honneur,
,, Car celuy là qui sert la republique,
,, Est reputé en toute gloire vnique.

Alinde.

Ah, tu dis vray, mais qui ne se ressent
De ce bon-heur, à ta voix ne consent,
,, Celuy ne peut aimer vne parole,
,, De qui l'effet sa fortune controlle
,, Et le conseil dont cruel est l'effet,
,, Ne sçauroit plaire, ou de voix ou de fait.
I'en suis ainsi, qui ne sens point la ioye
Que mon mary pour le public desploye,
Qui pers au bien duquel il est donneur,
Puis que ce bien prouient de mon malheur,
Car il me laisse icy toute seullette,
Vesue du bien lequel seul ie souhaite.

Ioseph.

Hé, Dieu quel bien! puis que tout bien vous suit
Et que le ciel heureusement vous rit?

Alinde.

Le bien que donne vne couche loyalle,
Dont la douceur au monde n'a d'egalle,
Mais, ô Ioseph! si tu commande à tous

Les riches biens de mon cruel espoux,
Si en tous cas icy le represente,
Sois-luy second vers sa femme dolente,
Contente-là, & selon son desir
Monstre-toy prompt a luy faire plaisir.

Ioseph.

I'en suis tout prest, & plustost que ie meure
Qu'en ce deuoir paresseux ie demeure,
Commandez-moy, Madame, & vous verrez
Tous mes esprits à vous seruir tirez
L'effet fera sentir parmy mon zele
Que ie vous suis seruiteur tresfidelle,
Et que la mort, le seruage, & le mal
Ne me tiendroit de vous estre loyal.

Alinde.

O doux propos! ô parolle agreable
Qui nourrissez mon espoir miserable!
O douce voix! ô promesse qui fait
Courir mon ame apres son doux effet!
Ah, que dit-il? ô dieux qui se propose
Faire pour moy toute amoureuse chose,
De me complaire en tout, où mon desir
Voudra chercher son amoureux plaisir:
O doux espoir! ô bien-heureuse chance
Preste a donner à mon cœur allegeance!
Or sus, il faut luy declarer mon mal,
Pendant qu'il est en ce propos loyal,
,, Car qui ne prend l'occasion offerte,
,, En fait souuent vne honteuse perte.
Or ie vois donc mon mal luy deceler,
Et son remede à ma peine appeller.
Or sus, bon cœur, hé quoy! que veux-ie faire
Perdre l'honneur, pour au vice complaire,

Me rendre infame, & de Dame de prix
Serue d'vn serf que l'on tient à mespris?
Ie ne sçaurois, & la honte fidelle
Blanchist ma face, & mon ame martelle,
Ma voix transist quand ie la veux ietter
Pour mon desir effrontement conter:
Puis si ie suis de Ioseph refusee,
Il faut mourir furieuse, insensee,
Et en mourant me venger de ce tort,
En luy faisant aussi sentir la mort.
Que doy-ie donc faire en ce mien martire?
Conter mon mal, l'annoncer, & le dire,
A celle fin par tort ou par raison,
D'en retenir entiere guarison,
Sus donc, ô honte! or sus qu'on se retire
Et que mon mal ie commence a deduire,
Sus desespoir, qu'on sorte de mon sein,
Pour rencontrer mon secours plus humain,
Sus, il faut donc que ma voix ie deslie,
Pour raconter librement ma folie.
Et bien Ioseph? ha bons dieux! quand il faut
Dire mon fait, la parolle me faut,
La honte empesche, & ma voix & mon ame,
Tant qu'à demy de frayeur ie me pasme,
Mais sus, il faut deceler mon esmoy.

        Ioseph.
Que vous plaist-il? ô madame de moy,
Ie suis tout prest de vous rendre seruice
Tel que iugez à vostre ame propice.

        Alinde.
O douce voix qui console mes sens!
Dont la douceur en mon ame ie sens,
O trescher offre! ô trop courtois langage!

Or ſus, il faut deceler mon deſir.
Aurois-tu bien, ô cher Ioſeph loiſir
De m'eſcouter pour quelque mienne affaire?

Ioſeph.

Non ſeullement ouïr, mais ſatisfaire
A vôſtre vueil, car Madame, ie ſuis
Du tout à vous, voire plus que ie puis.

Alinde.

Mais donne-moy auant ta foy entiere,
De n'eſconduire en ce iour ma priere.

Ioſeph.

Ie vous le iure, & iuſques au mourir
Vous obeïr, ſeruir, & ſecourir.

Alinde.

Touſiours l'effet à la voix ne reſemble.

Ioſeph.

Auec l'effet, la promeſſe i'aſſemble,

Alinde.

Qui fait plaiſir, plaiſir en vent auoit
Ioſeph.

Sans ce deſir, i'exerce mon deuoir.

Alinde.

Ie crains pourtant que tu face au contraire.

Ioſeph.

Non, que ie meure, auant que vous deſplaire.

Alinde.

Et me plaiſant à toy-meſme tu plais.

Ioſeph.

Pour plaire auſſi ſeruice ie vous fais,

Alinde.

Me promets-tu Ioſeph ne m'eſconduire?

Ioſeph.

Ie le promets, quoy que vous puiſſiez dire.

Alinde.

Et accomplir ce que ie veux de toy?

Ioseph.

Ouy sans doute, & en donne ma foy.

Alinde.

Or donc, Ioseph, il faut que ie t'embrasse,
Car pour t'aimer de desir ie trespasse,
Ie brule toute en ta viue amitié,
Et vois mourir si de moy n'as pitié.
Ah, baise-moy, & ore que personne
Ne sied icy, ton amitié me donne,
Accolle-moy, & d'vn amour egal
Au mien cruel, las! allege mon mal.
Baise-moy donc, quoy! tu fais du farouche
Et ne veux pas que ie baise ta bouche?
Tu veux fuir, & semble n'auoir pas
Desir d'entrer en amoureux esbats?
Tu fuis donc, & quoy! tu me refuse,
Et fierement mon esperance abuse:
Car ne m'as-tu promis en toy...
De me seruir selon ma volonté?
Ah, sers-moy donc en cét ardant affaire,
Mais sus, ie vois te contraindre a ce faire,
Et te forcer, en outre ton desir,
De m'obeir, & faire mon plaisir.

Ioseph.

Plustost mourir que faire telle chose.

Alinde.

Tu ne veux pas, faut que tu te dispose
De m'obeir par force dans ce iour,
Puis que de gré mesprise mon amour.

Ioseph.

Ie veux fuir ceste infame adultere,

Aimant trop mieux mourir, que luy complaire.
Alinde.
Ah, tu ris donc de moy de la façon?
Tu en mourras par droit ou trahison,
Et mon amour eschangee en furie,
Eschangera en vn trespas ta vie,
Mais sus, il faut en luy donnant le tort
Sauuer ma vie, & asseurer sa mort,
Ie vois crier contre luy à la force,
Qu'on vienne icy, on me tue, on me force,
On veut gaster le lict de vostre sieur,
Forcer sa femme, & rauir son honneur,
Las, au secours, à la force, à l'outrage,
Venez sauuer mon honneur du naufrage.
Nourrice.
Hà, qui a-il qui vous veut outrager?
Alinde.
Il a fuy le meschant estranger,
Le doux Ioseph, le pariure adultere,
Qui a voulu rauir ma gloire chere,
Voicy dequoy, car son manteau i'ay pris,
Comme il vouloit eschaper à mes cris,
Vous m'en serez tesmoins vers vostre maistre.
Gautier.
Ah, où est-il? où s'est-il allé mettre?
Il faut le prendre, & ietter en prison.
Ernier.
Il le faut bien, la morbieu c'est raison.
Nourrice.
O le meschant! ô le pariure infame!
Qui a voulu outrager nostre Dame.
O le peruers! sus compagnons auant,
Que chacun aille à mort le poursuyuant.

Gautier.

Courons apres, & qu'il ne nous eschappe.

Briant.

Or sus, il faut qu'on le grippe, on le happe.

Alinde.

Laissez-le là, languissant & marry,
Iusqu'au retour de mon chaste mary,
A qui ie veux raconter l'acte inique,
De ce meschant en perfidie vnique,
A celle fin que sa seuere main
Punisse à droit cet esclaue hautain.

SCENE V.

Putifar.   Alinde.   Nourrice.
Ioseph.   Robillard.   Fribour.
Ernier.   Gautier.   Briant.

PVTIFAR.

Long temps y a que hors de ma famille
Ie sers le Roy en ceste riche ville,
Que pres de luy ie consomme mes iours,
Pour le seruir fidellement tousiours,
C'est pour vn temps assez fait de seruice,
Au iuste gré de la sainte iustice,
Ie veux chez moy ores faire retour,
Pour voir ma femme, & luy dire bon iour,
Mes seruiteurs, ma maison, ma famille,
Sur tous Ioseph seruiteur tres-vtile,
Qui a le soin de toute ma maison,

Comme prudent, au gré de la raison,
Sage, discret, dessous qui tout prospere,
Comme ayant Dieu à son vueil debonnaire,
,, Car qui sert Dieu & l'aime de bon cœur,
,, Ne manque point ny de biens ny d'honneur.
Or il faut donc que chez moy ie retourne,
Qui est icy? hau, ie ne voy personne,
Où sont mes gens? hola, sortez icy,
Où est ma femme, & Ioseph mon soucy?

Briant.

Bon iour, Môsieur Gautier. Bon iour, bon iour
mon aistre.

Ernier.

Bon-iour, seigneur. Putifar. Les dieux vous
puissent mettre
Tous en bon an, comme va-il ceans?
Où est ma femme & Ioseph que i'attens?

Briant.

Elle est en haut remplie de tristesse.

Putifar.

Pourquoy cela? Gaut. Et pleine de destresse.

Putifar.

Comment ! pourquoy? Ernier. Seigneur vous le
Si du suiet, d'elle vous enquerez.   (sçaurez

Putifar.

Il faut vn peu que i'en sache la cause.
Et bien ma femme? & quoy! & quelle chose
Semble vous nuire, & la nuict & le iour,
Est-ce pour voir vostre espoux de retour?
Qui vous contriste, & sus vostre visage
Espand de pleurs ce ruisselant orage?
Quoy ! qui a-il? hé pourquoy plorez-vous?
Qui fait bondir vostre sein à tous coups?

Qui est ceans si fol & temeraire
Que d'esmouuoir vostre esprit à colere?
Que vous fascher? tel qu'il soit, ie le veux
Punir ce iour d'vn supplice outrageux
Appaisez-vous, si quelqu'vn vous offence,
Asseurez-vous que i'en feray vengeance,
Et me contez seullement vostre esmoy,
Pour receuoir toute faueur de moy,
Iurant les dieux, & le Roy nostre pere,
De chastier vostre lasche aduersaire.

Alinde.

Ie m'y attens, ô seigneur mon espoux!
Aussi ie n'ay esperance qu'en vous,
Vous estes seul qui me ferez iustice,
Et punirez le meschant de son vice,
Car c'est à vous qu'il s'attaque, & à moy,
Voulant briser la coniugale loy.

Putifar.

Comment! briser la foy de mariage?
Se prendre à vous? afin de faire outrage
A vostre honneur, à vostre chasteté?
Ce meschant a mille morts merité,
Mais, qui est-il? afin qu'on le punisse
Seuerement d'vn rigoureux suplice.

Alinde.

Cognoissez-vous ce manteau que ie tiens?

Putifar.

Ouy, il fut au temps passé des miens,
Et le donné à Ioseph serf fidelle,
Pour honorer son seruice & son zele.

Alinde.

Ce Ioseph mesme en fuyant l'a laissé,
De le quitter estant de moy pressé,

Car me voulant forcer sur vostre couche,
Apres que i'eus reietté ce farouche,
Et de la voix, luy remonstrant son tort,
Et de la main repoussant son effort,
Enfin le fier, entre en viue furie
Me veut forcer, me presse, & m'iniurie,
Tant que ie fus contrainte d'appeller
Mes seruiteurs, & son mal deceler,
Car autrement ie n'auois la puissance
Faire à sa rage aucune resistance,
Ils viennent tous, & à ce bruit nouueau
Le traistre fuit, & quitte son manteau,
Que i'ay gardé pour certain tesmoignage
De son forfait, & de son salle outrage,
Vos seruiteurs sont tesmoins de ce fait,
N'est-il pas vray? Nourrice. Il est ainsi du fait,
Nous l'auons veu, & sans nous la pauurette
D'aspre douleur, helas! se fust deffaite.

Briant.

Il est certain, mon maistre mon seigneur.

Gautier.

Cela est vray, & ny a point d'erreur.

Ernier.

Ce fait certain trouble nostre liesse.

Alinde.

Las! vengez-moy d'une telle destresse,
Ne permettez qu'vn serf luxurieux,
Iouysse ainsi de l'honneur de nous deux,
Qu'il soit puny, car il n'est point de vice
A qui soit deu de plus cruel supplice,
Comme ie suis vous estes outragé,
Que ce mal donc par la loy soit vengé,
A celle fin qu'aucun ne le commette,

Craignant sentir vne pareille perte.

Putifar.

O faux Ioseph! ô meschant seruiteur!
Plein de malice & d'outrage, & d'erreur,
Qui faintement dissimulois ton vice
En le couurant du manteau de iustice.
O fier paillard! ô traistre! ô desloyal!
Qui as voulu commettre vn si grand mal,
Que de forcer ma femme legitime,
Souiller mon lict par ton infame crime?
Crime qui n'a point d'esgal icy bas,
Et qui ne peut s'exempter du trespas.
O traistre serf! est-ce la recompence
Du grand credit, & de l'alme puissance
Que ie t'auois mises entre les mains,
Te reputant le meilleur des humains?
Ha que souuent le deceueur visage
Trompe nos sens, nos ames, & courage!
Et que souuent sous vn front bien plaisant,
Il couue, helas! de crime palissant.
Mais ie sçauray bien punir ceste faute,
Et assagir mon ame trop peu caute,
Tu en mourras, & bien qu'à mon regret,
Ie te verray puny de ce forfait,
,, Car on ne doit laisser onc impunie
,, Vne grand faute, en crimes infinie,
,, Faut la punir, car autrement les dieux,
,, Dardent sur nous leur foudre iniurieux.
Or ie veux donc bien chastier ce crime.
Sus, Robillard, que fidelle i'estime,
Traine Ioseph en mortelle prison,
Et garde bien qu'il sorte en trahison,
Mets luy les fers dans les mains infidelles,

Iette

Iette-le au fonds des fosses criminelles,
Mais, sus soudain, de luy soucy prendras,
Car de luy seul à moy tu respondras.

Robillard.

Parbieu, monsieur, si le vilain m'eschappe,
Que le renard aux deux fesses me happe,
Je le garderay si bien qu'il ne verra
Ny iour ny nuict, & mon vin ne boira,
Or sus, Fribour, sus, sus, allons le prendre.

Fribour.

Allons, mon maistre, & au gibet le pendre,
Car il a bien ce tourment merité.

Gautier.

Il a voulu forcer la chasteté
De nostre dame, & courtoise, & si belle.

Ernier.

Il a voulu briser la foy fidelle
Du mariage, en commettant ce fait.

Robillard.

Il sera bien puny de ce forfait,
Mais le voicy, sus, auant qu'on le serre.

Fribour.

Sus, sus, auant qu'on le iette par terre,
S'il veut tenir force contre la loy.

Robillard.

Cà, prisonnier tu es de par le Roy,
Sus, qu'on le lie. Frib. Or sus qu'on le despouille.

Ernier.

Et qu'en sa bourse à plaine main on fouille.

Ioseph.

Las ! qu'ay-ie fait pour estre emprisonné?

Gautier.

Nostre seigneur l'a ainsi ordonné.

D

Robillard.

Tu voulois donc forcer sa chaste femme?

Fribour.

O le villain! ô le sot! ô l'infame!
Qui ne l'a fait vn pauure coup aumoins,
Au parauant que tomber en nos mains,
Il en mourroit de plus braue courage.

Ioseph.

O Dieu! tu sçais qu'à grãd tort on m'outrage,
Et que ie suis innocent de peché
Pour lequel suis au tourment attaché:
Tu sçais mon cœur & ma sainte innocence,
Et que ie prens ce mal en patience,
Sans murmurer, ny decouurir le tort
Que l'on me fait, en me donnant la mort.

Robillard.

Sus, sus, gallans qu'on marche en diligence.

Fribour.

Vers la prison soudain que l'on s'auance.

Robillard.

Ouure, Fribour, la prison promptement.

Fribour.

Entre dedans, entre soudainement,
Or le voila coffré dedans la loge.

Pennetier.

Hau, compagnon, hola faut qu'on nous gorge
D'vn bon repas, pour ta venue icy.

Sommelier.

Il faut payer ta bien venue aussi
Cà de l'argent, pour auoir de quoy faire,
Or nous boirons ce iour de longue tire,
Car ce nouueau payra le deiuner.

Boulenger.

Ne veux-tu pas de l'argent nous donner,
Pour enuoyer à la grasse cuisine,
Pour aualler en faisant bonne mine?

Ioseph.

Tenez voila mon argent à foison,
Et ce que i'ay de iustice & raison.

Boulenger.

Hola, Fribour, vien receuoir monnoye,
Et va querir des viures à grand ioye.

Fribour.

Bon, bon cecy, nous boirons brauement
Maistre ie vois querir soudainement
De bonne chair, de pain, vin, & pitance.

Robillard.

Va, & reuiens encore plus soudain,
Car par ma foy ie meurs de malle faim.

Fribour.

Voicy de quoy, allons manger & boire.

Robillard.

Il le faut bien, & nous en faire croire.

Pennetier.

Sus, sus, mangons de bragarde façon,
Bien que soyons detenus en prison.

Sommelier.

Ne faillons pas d'aualler à nostre aise
De ce bon vin, aussi chaud que la braise.

B ij

ACTE III. Scene I.

Ioseph. Bouteiller. Boulenger.

I O S E P H.

 Dieu, qui vois le secret de nos
    cœurs!
Qui sçais iuger le bien & les er-
    reurs,
Guerdonnant l'vn de ta grace
    propice,
Et puniſſant l'autre par ta iuſtice:
Tu ſçais, helas! que ie n'ay point peché
Pour eſtre ainſi en ces fers attaché,
I'ay refuſé de plaire à ma maiſtreſſe,
Pour n'eſmouuoir ton ire vengereſſe,
Et pour ne voir mon eſprit, agité
D'vn repentir bouſſi de cruauté:
,, Car on ne peut tant faire que l'offence
,, Commiſe vn iour, n'ait eu ſa viue eſſence,
,, De l'auoir faite, helas! s'on ſe repent,
,, Mais ce regret non faite ne la rend,
,, On ſe deut bien de l'auoir accomplie,
,, Et ce dueil eſt la mort de noſtre vie,
,, On ne doit donc rien faire ny ſentir
,, Qui puiſſe vn iour nous faire repentir,
Tu ſçais bon Dieu que ma maiſtreſſe infame
Voulant forcer au noir peché mon ame,

Me contraignant, auecque deshonneur
Souiller le lict de mon iuste seigneur,
Ie ne voulus ceste faute commettre,
Luy remonstrant l'amitié de mon maistre,
La sainte loy du mariage saint,
Et le deuoir qui a seruir m'astraint,
Qui seroit mort de pouuoir enuers elle,
Si i'auois eu sa compagnie charnelle.
,,La Dame n'a sur son serf plus de droit,
,,Qui auec elle a commis ce forfait:
Elle n'est point (au vice abandonnee)
Pour ces raisons de son mal destournee,
Elle me force, & ie m'eschape alors
D'entre ses mains & ie m'enfuis dehors,
Luy delaissant mon manteau miserable,
Qu'elle tenoit d'vne main redoutable,
Dont elle s'est seruie à mon seigneur,
Pour m'accuser de vice & deshonneur,
Tant que fasché d'vne si lourde offence,
Encontre-moy il a donné sentence,
Iugeant sa femme, en telle impieté
Pleine d'honneur, de los, de chasteté:
Ie n'ay rien dit, aimant mieux en mon ame
Souffrir le mal, que d'accuser Madame,
Et deceler pour me sauuer de mort
Son deshonneur, sa malice, & son tort,
Innocent donc ie souffre en ceste place,
En esperant, ô Dieu ! ta sainte grace
Car tu es Dieu de grace & d'equité,
Et l'homme plein de toute impieté.

Sommelier.

O bon Ioseph, qui n'as commis malice
Pour endurer les fers & le supplice!

Qui és fans mal & peché, comme moy,
Qui fuis icy par le courroux du Roy,
Non pour auoir vers luy commis offence,
Prens comme moy, ie te pry patience:
Et m'interprete vn fonge que i'ay fait,
Comme en fcience eftant docte & parfait,
Qui fait, belas que de foucy ie tremble,
Pour efperer & craindre tout enfemble.

Iofeph.

Dis, mon amy, car pour vray fi ie puis
Je mettray fin à tes fafcheux ennuis.

Sommelier.

Il eftoit nuict, & la terre bupee
Dedans fon ombre eftoit enuelopee,
Jufques au ciel de verre compaffé,
L'obfcurité auoit deffa paffé,
Et le Soleil qui fur les aftres volle,
Plongoit fon chef en la mer Efpagnolle,
L'eftoille fixe & guide des nochers,
Dardoit par tout fes efclattans efclairs,
Quand ie m'endors & d'vne plume lente
Le fommeil oint ma paupiere dormante,
Lors que Morphee apparoift à mes yeux,
Leur faifant voir ce fonge merueilleux.
Il me fembloit voir trois beaux fceps de vigne
Portant chacun mainte grappe diuine
De beau raifin, grandes, preftes en fin
A moiffonner & en faire du vin:
Je les preffois de ma main prompte & folle,
Le Roy mettoit deffous vne fiolle,
Pour receuoir leur vineufe liqueur,
Qu'il reputoit de trefriche valeur.
Ce vin apres au prince ie prefente,

Qui le reçoit d'vne dextre contente,
Et de bon cœur le boit foudainement,
Qui m'apporta vn grand contentement,
Voila mon fonge, or dis moy ie te prie
Ce qu'il veut dire, & ce qu'il fignifie.

Iofeph.

Ton fonge eft bon, & tu dois efperer
De voir bien toft ton falut profperer,
Dedans trois iours, en liberté entiere
Tu feras mis par le Roy debonnaire,
On le verra de toy fe contenter,
Mais ie te veux ton fonge interpreter.
La vigne apporte vn fruit treffrofitable,
Qui rend la paix és hommes perdurable,
Lie les cœurs, efteint l'inimitié,
Et parmy nous entretient l'amitié,
Beuuant du vin en chaffe la trifteffe,
En s'adonnant à plaifir & lieffe,
Tu as preffé ce vin entre ta main,
Le roy l'a beu, d'vn front doux & humain,
Croy de certain qu'en autant de iournees,
Qui font à trois par le grand Dieu bornees,
Que tu as veu de feps, tu fortiras
De ces liens, & le roy feruiras,
Mais quand l'effet de cefte profetie
Aura beny ta fortune & ta vie,
Que tu feras iouyffant de fon fruit,
N'oublie pas celuy qui te le dit,
Souuienne-toy de moy qui te prefage
Vn bien fi grand, qui deftruit ton dommage,
Et fais fi bien qu'on me tire d'icy,
Où ie languis en douloureux foucy,
Sans auoir onc commis aucune offence,

Ains pour auoir aimé la continence,
Serui mon maistre en toute loyauté,
Et refusé commettre impieté,
Aide-moy donc en ta fortune entiere,
A me tirer de ceste ample misere.

Sommelier.

Ie le feray, Ioseph, prens en ma foy,
Que hors d'icy ie penseray en toy,
Sachant assez que par fraude & malice.
Tu és icy, & non pour aucun vice.

Ioseph.

Souuienne-t'en, on doit rendre vn bien-fait
Pour celuy là qu'on a receu parfait.

Pennetier.

O bon Ioseph! puis que tu sçais predire
Les cas futurs qui peuuent plaire ou nuire,
Et que tu sçais interpreter pieux
Les songes vrays, qui occupent nos yeux,
Qui nos esprits en leurs obicts estonnent,
Et qui douleur ou liesse nous donnent,
Hà, ie te pri' le mien interpreter,
Que ie te veux en deux mots raconter.

Ioseph.

Di, mon amy, & par l'aide diuine,
Ie te diray ton bien ou ta ruine.

Boulenger.

Il me sembloit porter tout à la fois
Dessus le chef, trois corbeilles de bois
Dont deux estoyent de pain toutes remplies,
L'autre de chair, & viandes choisies,
Telles qu'on a accoustumé tousiours
Seruir aux Rois, en leurs opulens iours,
Lors les oiseaux volans dessus ma teste,

Et de leurs cris faisans mainte tempeste,
Ont tout mangé, raui, & emporté
Ce qui estoit en mes penniers porté,
Et n'ay iamais peu leur donner la chasse,
Quoy que ie fisse, & de mains & de face.
Voila mon songe, or dy-moy si ie suis
Prest de sortir de mes cruels ennuis,
Et si ie dois comme i'ay bonne attente
Voir mon corps sain, & mon ame contente,
Comme doit faire vn iour mon compagnon,
Et si ce songe, est comme le sien bon.

Ioseph.

I'ay bien pensé cher amy à ton songe,
Mais son effet de tristesse me ronge,
Et suis marry ne te pouuoir conter
Vn bon succez, qui te peut contenter,
Car tu n'as plus que deux iours de la vie,
Puisqu'elle doit t'estre bien tost rauie,
Mais sois constant, & ne t'estonne pas
Car nul ne peut fuir à son trespas.

Boulenger.

O grand malheur! ô misere funeste!
Pourtant Ioseph, las, mon songe interprete.

Ioseph.

Las, tu mourras au haut gibet pendu,
Et dans trois iours à ce seras rendu,
Lors les oiseaux que tu n'as eu puissance
De deschasser au loin de ta presence
Te mangeront ainsi tu finiras,
Et des corbeaux la proye tu seras,
Voila amy ce qu'en cruel martyre,
Las, ie te puis prophetiser & dire,
Mais prens bon cœur, & attens doucement

La mort qui peut nous rauir au tourment,
Boulenger.

O fier meſchef! ô cruauté des aſtres!
O cieux malins! autheurs de mes deſaſtres.
Faut donc mourir d'vn infame treſpas,
Et deualler honteuſement là bas?
O cruauté! ô malheur! ô miſere!
O fier treſpas! ô iugement ſeuere!
Mais puis qu'il faut endurer ceſte mort,
Encore prens-ie en moy-meſme confort,
,,Car on ne peut forcer la deſtinee,
,,Qui à ſon but la vie a terminee
,,Et faut ſouffrir d'vn cœur gay & ioyeux,
,,Tout ce qui vient de la dextre des dieux.

SCENE II.

Pharon. Putifar. Trimegiſte. Sulpice.
Angenor. Noſtrador. Amillon.

PHARON.

Puis que les dieux m'ont conferé la grace
De retenir en ce monde leur place,
Que il leur ſemble & de front & pouuoir,
Rendant chacun ſuiet à mon vouloir.
Tant que ie ſuis adoré en ce monde,
Comme eux au ciel, & Neptune dans l'onde,
Faut m'eſiouir, car vn bien ſi parfait
Doit ſe monſtrer & de voix & de fait,
,,Et qui ingrat deuers les dieux demeure,

„ N'a merité de viure vne seule heure,
„ Ny de sentir fauorable à ses iours
„ L'alme faueur de leur diuin secours.
Sus donc ie veux que tout chacun s'apreste
A celebrer vne superbe feste,
Faire vn banquet magnifique & royal,
Fertille en bien, & exempt de tout mal:
De ce festin ie feray la despence,
Comme ayant seul royalle la puissance,
La force entiere, a le pouuoir pareil,
Comme estant roy sans pair sous le Soleil.
Or faisons donc vn festin honorable,
Et que chacun en rang se mette à table,
Mettant sous pied tout chagrineux soucy,
Et n'ayant point le cœur de mal transi,
Car és festins il faut que l'on ne parle
que de plaisir, & volupté royalle,
Faut que chacun soit ioyeux & contens,
Voyant son roy qui ce plaisir pretent,
„ Puis que l'honneur du suiet agreable
., Est d'esiouir son prince venerable,
„ Luy agreer & ne dedire pas
„ Par faits ou dis ses amoureux esbats,
N'estes vous pas poussé de mesme enuie?

Putifar.

Ouy, grand roy, nos iours & nostre vie
Ne sont-ils pas à vostre maiesté,
Pour en vser selon sa volonté?
Faites de nous ce qu'il vous plaira, Sires
Car vn chacun de vous seruir desire,
Soit en la mort, au profond des hazards,
Soit és combats, dessous mille estandars,
Soit en la paix, entre mille delices,

Chacun se veut noyer en ses seruices,
Vous obeir, car vous pouuez sur nous
Ce qu'il vous plaist, & nous sommes à vous,
Nous ferons donc ce qu'aurez agreable,
Car nostre vueil est au vostre semblable.

Pharon.

Ie seray bien content de ce deuoir.

Putifar.

N'auez-vous pas, ô Sire le pouuoir
De nous regir selon vostre prudence,
Puis que tout cede à vostre alme puissance?
Puis qu'il vous plaist faire vn festin humain
A tous les preux de vostre estat hautain,
A tous les grands & venerables princes,
Aux gouuerneurs de vos riches prouinces,
Sera bien fait, aumoins chacun sera
Bien plus content quand content vous verra:
Ie donneray à ce fait si bon ordre,
Qu'il n'y aura murmure ny desordre,
Bruit, ny scandale, & chacun en repos
Ira chantant vostre souuerain los,
Car à moy seul appartient cêt office,
De mettre en poinct tout le royal seruice,
Et d'apprester le superbe festin,
Où ie seray prudent iusqu'à la fin,
Voulez-vous pas que ie fare en la sorte?

Pharon.

Ouy, cêt ordre vn grand plaisir m'apporte.

Trimegiste.

Sans l'ordre aussi tout seroit icy bas
Meslé, brouillé de contraires debats,
C'est le seul but d'vn Roy plein de iustice,
De faire viure & regner la police,

Soit en public, ou soit en sa maison
Tousiours il doit suyure ceste raison,
Car en tous cas qui suyuent nostre vie,
Il faut qu'ils soyent de l'equité suyuie,
Mesme les grands y sont les plus suiets,
Pour estre exemple à leurs foibles suiets,
Ce beau festin sera de bonne grace,
Pourueu que tout en bon orde on y face.

Pharon.

Sans cela rien, & le commande aussi.

Angenor.

Chacun aura de vous plaire soucy
O puissant roy! & vous rendre seruice,
Comme sentant vostre bonté propice,
Ce sera lors qu'en ioye nous boirons,
Et tout plaisir aupres de vous aurons,
Ayant auant fait aux dieux sacrifice,
Pour nettoyer le festin de tout vice,
,,Car nous deuons inuocquer les grands dieux
,,Auant que faire aucun acte ioyeux,
,,A celle fin que la palle tristesse
,,Ne soit meslée auec nostre allegresse,
N'estes-vous, Sire, de cêt aduis?

Pharon.

Ouy vrayement, ô mes princes! si suis.

Angenor.

Tout le public aura resiouissance
D'vne si riche & superbe opulence,
Chacun rira de voir son prince heureux,
Parmy les siens en estat planturenx,
,,Car le plaisir du suiet prend son estre
,,De celuy-la de son prince son maistre,
Comme son mal prouient de sa douleur,

Et son meschef de son cruel malheur,
Vous ne pourrez rien faire dauantage.
Qui gaigne plus des-vostres le courage,
O puissant roy! car s'adonner aux siens
C'est proprement leur faire mille biens,
Poursuyuez donc cest louable emprise.

Pharon.
Pour l'accomplir, hé ne l'ay-ie entreprise?

Sulpice.
,, Ce qu'on promet aux dieux, & au suiet,
,, De l'accomplir rend vn chacun suiet,
,, Car il ne faut vser de tromperie
,, Enuers les dieux, autheurs de nostre vie,
,, Et ne faut pas abuser son vassal,
,, Qu'on ne le rende enuers nous desloyal.
O puissant roy! d'vn genereux courage.
Acheuez donc ce magnifique ouurage,
Et que chacun vous chante aussi loyal,
Comme on vous voit magnifique & royal,
A celle fin que chacun vous reuere
En double sorte, & en triple maniere,
Et que chacun se sentant à planté
De vostre riche & royalle bonté,
Chante par tout vos louanges inclites,
Et face honneur à vos iustes merites,
,, L'amour des dieux, du peuple, & de la loy,
,, Est le tresor immortel d'vn grand Roy,
,, Et qui fournist de ses biens à son aise,
,, Ne sentira iamais aucun malaise.

Pharon.
C'est vn tresor que i'ay tousiours aimé.

Sulpice.
Ce Roy sera sur tous roys estimé,

Et sans sentir aucun mal en ce monde,
Il iouira d'vne grace feconde,
D'vn saint pouuoir, & d'vn heureux repos,
Qui coulera doucement en ses os,
Comme l'on voit que vous iouyssez, Sire,
Car vostre esprit a tout ce qu'il desire,
Et ce qui vit en ce grand vniuers,
Offre à vos pieds cent mille honneurs diuers,
Vous estes donc heureux de telle sorte,
Que tout chacun du plaisir vous apporte,
Et estant tel, vous faites sagement
De decouurir vostre contentement,
Et par festins & plaisirs magnifiques,
Monstrer à tous vos pouuoirs-heroyques,
Chacun de nous en ce vous seruira.

Pharon.

C'est mon desir, chacun en aduiendra.

Nostrador.

Et nous heureux de voir vostre presence,
Brillante autour de toute esiouyssance,
Nous benirons les astres & les dieux,
,,Car c'est vn bien superbe & precieux,
,, Que d'imiter son prince en sa liesse,
,, Qui rend heureuse & gaye sa noblesse,
L'on chassera delà tout deconfort,
Et tous propos de la cruelle mort,
,,Car celuy n'a de liesse eternelle
,,Qui en viuant pense tousiours en elle,
Au lieu daymal, nous boirons à loisir
Maint doux soulas, allegresse, & plaisir.

Pharon.

A ce plaisir vn chacun ie dispence.

IOSEPH

Amillon.

Le tout pourtant auecque la prudence,
,, Car quelque fois le plaisir est si doux
,, Que sa fureur nous emporte de nous,
,, Tant qu'oublians nos premieres natures,
,, Souuent au droit nous faisons mille iniures,
,, A nos voisins, & mesme à nos amis,
,, Que nous-rendons nos mortels ennemis,
,, Car toute ardeur qui hors nous nous trãsporte
,, Est tousiours folle, & du mal nous apporte.
En douceur donc, & en toute equité
Chacun de nous prenne la volupté,
Et le plaisir que le Roy nous ordonne,
Pour esiouir sa royalle personne,
A celle fin que le fier desplaisir,
Ne vienne point se mesler au plaisir.

Pharon.

I'entens qu'on vse en beuuant de la sorte.

Amillon.

Chacun de nous tant de respect vous porte
O puissant roy! que nul ne-fera rien
Qui vous soit triste, & hors de vostre bien,
Chacun sera prudent en cêt affaire,
A celle fin de pouuoir vous complaire,
Et tous irons en paix, & en repos,
Oyant, faisant vos superbes propos,
,, Sans nul debat: la presence admirable
,, Du prince, estaint tout discord effroyable,
,, Et qui la voit, voit deuant luy parfaict
,, Vn iuste iuge a punir son forfait,
Chacun aura doncques en reuerence
Vostre royalle & diuine presence,
Tant que chacun ne fera point de mal,

Pour redouter voftre pouuoir royal.

Pharon.

Ie veux qu'à tous ce confeil on propofe.

Putifar.

Mais, ô grand Roy! auant toute autre chofe
Voulez-vous pas que chacun ait fa part
De ce plaifir que voftre main depart?
Ainfi chacun benira voftre dextre,
Pour en repos & en volupté eftre,
Pour vous feruir, & rendre à grand planté
L'honneur qu'on doit à voftre maiefté.

Pharon.

C'eft mon defir, que ie veux que l'on face.

Putifar.

Appaifez donc voftre fiere difgrace,
Et deliurez des fers de Sommelier,
Que l'on a fait de pefans fers lier,
Car contre vous il n'a commis offence,
Et au rebours faites à toute outrance
Punir de mort le traiftre boulenger,
Ayant voulu voftre vie outrager,
Ainfi chacun aura part en la fefte.

Pharon.

C'eft tresbien dit, or fus, que l'on s'apprefte
Tirer dehors des fers iniurieux
Le Sommelier, dont feruir ie me veux,
Le Pennetier foit pendu au contraire,
Pour chaftier fon crime temeraire:
Sus, Putifar, or fais foudainement
Executer mon iufte iugement.

Putifar.

Sire, i'y vois de ce pas, dés cefte heure,
Qu'auecques vous toufiours l'honneur demeure.

SCENE III.

Putifar.   Robillard.   Fribour.
Sommelier. Boulenger. Ioseph.

PVTIFAR.

HAu Robillard, vilain, qu'on vienne icy
Ouure cêt huis. *Robillard. Hola, hau, me*
voicy.
Que voulez vous, dites monsieur mon maistre?
Putifar.
Le sommelier en liberté remettre.
Fribour.
Auant que i'aye aumoins mon pauure vis.
Putifar.
Qu'on face taire en deux mots ce coquin.
Fribour.
Ie croy qu'ayez de moy notice entiere,
En me nommant de mon nom ordinaire,
Mon vin pourtant, mon vin ie veux auoir.
Robillard.
C'est la raison qu'on face ce deuoir
Monsieur, il faut que chacun ait salaire.
Putifar.
Ouure soudain ceste prison seuere,
Que i'en retire à coup le sommelier.
Robillard.
Que deuiendra le pauure pennetier?
Putifar.
Le roy ordonne & veut que lon le pende,

Que tu le face arc ie te commande.

Robillard.

Morbieu, quel mot, aussi tost que i'entens
Parler de corde, ou gibet que i'attens,
Au pied au pied, on me met en colere.

Putifar.

Ouure vilain. Fribour. Et deuant & derriere
Par tout ie cherche & claueures & clefs.

Robillard.

Tu me feras sentir de grands meschefs,
Ho, qu'as-tu fait des clefs de ceste porte?

Putifar.

Hau, hau, vilain, il faut que ie vous frote.

Fribour.

Las! i'ay perdu mes clefs comme ie voy,
Si les auez amis rendez-les moy.

Robillard.

Veux-tu trouuer les clefs vilain yuroigne?

Fribour.

Voyez-vous pas que i'y mets toute peine?

Putifar.

Il faut te pendre auec le prisonnier.

Fribour.

Prenez pour vous, monsieur, le cheualier,
Qui as trouué les clefs de ceste porte
Qu'il me les rende, & du vin ie luy porte,
Ho, les voicy, il estoit bien caché
Ce gros trousseau que i'auois tant cherché,
Entrez, monsieur, voila la porte arriere.

Putifar.

Hau, Sommelier, le Roy de grace entiere,
Te fait sortir de ceste orde prison,
Et te remet en sa riche maison.

Pour y seruir de Sommelier adextre,
Comme y faisois auant qu'en prison estre,
Il a cognu ta iustice, & le tort
Qu'on te faisoit voulant te mettre à mort,
Or sors adonc de ceste chartre obscure.

Fribour.

Ce vouloir est pour luy bonne aduenture.

Boulenger.

Et moy seigneur, ne doy-ie pas sortir?

Putifar.

Non, le Roy veut te faire resentir
Ton fier forfait, ordonnant qu'à ceste heure
Tu sois pendu & qu'estranglé tu meure,
Prenez-le donc & le pendez soudain.

Boulenger.

O cruauté ô malheur inhumain!

Sommelier.

Grace seigneur, de si grand benefice.

Putifar.

Or sus, vilains qu'en en face iustice,
Liez-le tost, & pendez ce pendart.

Fribour.

J'auray aumoins ces habits pour ma part,
Allons vilain, allons à la potence.

Boulenger.

O grand meschef qui durement m'offence.

Robillard.

Que gaigne-tu de crier si tresbaut?
Car il faut faire horriblement le saut.

Boulenger.

Priez pour moy estans en ceste place,
En attendant qu'autant pour vous on face.

Robillard.

Pendons à coup ce vilain refroigné.

Boulenger.

Las! qu'vn Pater aumoins me soit donné.

Fribour.

C'est trop prier, il faut que tu t'en passe,
Et sur ton corps que ie passe & repasse,
O s'en est fait, il est mort & esteint,
Allons manger ses chausses & pourpoint.

Robillard.

Allons, Fribour, & faisons bonne chere
Le vilain pette & deuant & derriere,
Il est pourtant trespassé que ie croy.

Fribour.

O il est mort, s'en est fait par ma foy.

Ioseph.

O Sommelier qui t'en vas en liesse,
Souuienne-toy vers moy de ta promesse,
Et fais entendre au Roy nostre seigneur
Mon innocence, & mon cruel malheur,
A celle fin que des fers l'on me tire,
Comme innocent endurant leur martyre,
Souuienne t'en, & ne faux nullement
D'executer ton sollemnel serment,
,, Qui n'a d'effet suiuy la foy promise,
,, N'a rien de bon ny de grand que l'on prise.

Sommelier.

O bon Ioseph, ie te tiendray ma foy,
Et ce pendant ie prens congé de toy,
Adieu Ioseph, adieu geollier fidelle,
Adieu Fribour & toute la sequelle.

SCENE IIII.

Pharon. Trimegiste. Sulpice. Nofiste.
Amillon. Sommelier. Robillard.
Fribour. Ioseph.

PHARON.

Dieux que ie fuis en effroyable efmoy,
Des fonges vrays que i'ay faits à part moy!
Dieux que i'en ay la pauure ame eftonnee,
Craignant l'effort de quelque deftinee,
Qui foit cruelle, & ie crains que les dieux
D'vn mal futur m'aduertiffent foigneux,
,,Car bien fouuent leur diuine puiffance
,, Qui de nos corps retient la fouuenance,
,, Et a foucy de nos futurs trauaux,
,, Nous aduertift par fonges de ces maux
,, Les enuoyant aux rois qui font femblables
,, A leur pouuoir, à leurs fronts venerables,
,, A celle fin qu'ils ayent part comme eux,
,, A lours fecrets, & à leurs faits douieux.
Hà que ie crains! i'ay retenu le fonge,
Dont le penfer en cet effroy me plonge,
Non pas, ô dieux, l'interpretation,
Dont l'oubly fait naiftre ma paffion,
Bien que ie l'aye auffi bien aperçeuc,
Comme le fonge, & pour l'heure cognue,
,, Mais bien fouuent les dieux ne veullent pas
,, Nous octroyer trop de riches esbats.

,, Et leurs presens nous donnent par mesure,
,, Pour auoir plus de les adorer cure,
,, En attendant par prieres & vœux,
,, Quelque nouueau bienfait receuoir d'eux.
Hà que ie suis en peine de ce songe,
Dont la frayeur iusques au cœur me ronge,
Ie vous l'ay dit, ie vous l'ay raconté
Vous, ô prudens, remplis de grauité,
Vous le sçauez en sa forme parfaite,
Si vn de vous prudemment l'interprete,
Ie luy promets en promesse de roy,
Le faire icy aussi puissant que moy,
Et qu'il aura telle puissance seure
Sur mes suiets que i'en ay de nature,
Car il sera de mon mal medecin,
Chassant de moy ma miserable fin.
Or dites donc, si quelqu'vn a puissance
De m'expliquer ce songe par prudence.

Trimegille.

Sire, en ce fait i'ay fait ce que i'ay peu,
Mais l'accomplir encores ie n'ay sçeu,
Il est trop grand, trop diuin, & celeste
Pour icy bas trouuer vn interprete,
Puisque les dieux alors vous faisant voir
Le songe vray, ont d'vn mesme deuoir
Fait à vos yeux voir, ce qu'il signifie,
Ils veullent seuls dire sa prophetie.
Si vous auez oublié ce bienfait,
,, Seul vous causez le mal qui vous defait,
,, Et de vouloir sur les dieux entreprendre
C'est miserable à tout iamais se rendre,
Ie ne puis donc entendre leur secret.

Pharon.

Or dis, Sulpice, & te monstre discret.

Sulpice.

,,   *Sire, il n'est point en terre de science*
,, *Qui des grands dieux comprenne la prudence,*
,, *Car le sçauoir des hommes curieux,*
,, *N'est que follie au sçauoir des grands dieux.*
Qui peut percer de l'œil de la sagesse
Ceste grand voute, & sçauoir son adresse?
Sçauoir des dieux les conseils, les secrets,
Si parmy eux seullement ils sont faits?
Ie ne sçaurois accomplir telle chose,
Et mon sçauoir tant seullement dispose
Des cas humains, de la loy, de ses faits,
Non de ceux là des souuerains parfaits,
Pardonnez-moy doncques, ô puissant Sire!
Si autre cas ie ne sçaurois vous dire.

Pharon.

Or sus, apres, Nosiste, que dis-tu?

Nosiste.

Sire, ce songe est de grande vertu,
Il est celeste, & du tout admirable,
N'ayant ie croy en terre de semblable,
Car les grands Dieux ostent d'affection
A nos esprits l'interpretation,
Nous ne sçauons qu'y penser ne qu'y dire
Ce qui cent fois nos sentimens martire,
Pour souhaiter, ô Roy vous contenter,
Et ne pouuoir ce bien vous apporter.
Nous sommes vieux ès prudences humaines,
Et neufs du tout ès sciences hautaines,
Es arts du ciel, que cognoissent les dieux,
Non les mortels chetifs & malheureux,

                                        Excusez

Excusez-nous, ô Roy plein de prudence,
Si ne pouuons vous donner allegeance.

Pharon.

Sus, dis apres, ô sçauant Amillon.

Amillon.

O puissant Roy, ie conclus, & selon
Nostre sçauoir aux humains manifeste,
D'vn cas futur le ciel vous admonneste,
Mais de sçauoir que c'est, nous ne pouuons,
Et seullement nos sçauoirs nous suyuons,
Non pas celuy des dieux plein d'excellence,
Qui va passant nostre humaine science,
Nous sçauons bien interpreter soigneux
Vn songe humain, qui paroist à nos yeux,
Vn coustumier, non celuy qui prend estre
Entre les dieux, pour celeste paroistre,
Mais à ceux là nous ne pouuons toucher,
Car le ciel veut le cours nous en cacher,
Et leur effet n'est point cognu qu'à l'heure
Qu'il est venu, & qu'en nous il demeure,
Voila pourquoy nous ne pouuons sçauoir
De vostre songe & l'estre & le pouuoir,
Ny quelle fin aura son auanture,
Car, las, c'est chose entierement future.

Pharon.

O mal apris, ignorans, & sans art,
Qui seulement predisez par hasard!
O incensez, qui de feinte prudence,
Allez couurant vostre grosse ignorance!
O malheureux, qui trompez les grands Rois,
Pour simuler d'interpreter les loix,
Et de sçauoir les cas futurs predire,
Vous sortirez tous de mon riche Empire,

E

Car vous trompez chacun par vos sçauoirs
Qui n'ont ny art, science, ny pouuoirs,
O fausse gent, abuseurs de personnes
Et controlleurs des royalles couronnes!
Allez au vent, que feray-ie pendant,
Quelque secours en mon mal attendant?
Et qui pourra me leuant de martire,
Les vrays effets de mon songe predire?
Qui me pourra eslargir ce grand bien,
Tout mon estat regira comme sien,
Car ie ne puis plus viure sans entendre
L'effet du songe, ah! que ne puis comprendre,
Tant i'ay de luy en mon ame de peur,
Comme aduerti par luy d'vn grand malheur,
Qui pourra donc m'oster de ceste peine?
Car de ses gens l'experience est vaine,
Fol le sçauoir, & ne sçauroyent en fin
Interpreter mon songe trop diuin,
Qui me fera ce bienheureux office,
Aura de moy maint riche benefice.

Sommelier.

Sire, appaisez ces douloureux propos,
Et m'escoutez tant seullement deux mots,
Car ie pourray apporter allegeance
Au mal qui tient vostre ame en sa puissance.

Pharon.

Et que peux-tu me dire de parfait,
Pour ignorant paroistre tout à faict,
Dis toutesfois, ce que tu voudras dire.

Sommelier.

Il me souuient d'auoir veu, puissant Sire,
En la prison vn ieune homme Hebrieu,
Interpretant les secrets du grand Dieu,

Il est sçauant & de tresiuste vie,
Estant poußé en prison par enuie,
Non pour auoir aucun meffait commis,
Mais pour n'auoir pleu à ses ennemis,
Qui le vouloyent contraindre de mal faire,
Et ne voulant en ce leur satisfaire,
Comme i'estois prisonnier pres de luy,
Viuant en peur & en fascheux ennuy,
Pour auoir fait vn songe espouuentable,
Il m'en predist son effet veritable,
En me disant que sortirois de mal,
Et vous serois seruiteur tresloyal,
Comme i'ay fait, & disant au contraire
Au Boulenger qu'il mourroit en misere,
Cela est vray, Roy, faites-le venir
Car il pourra vos angoisses finir,
Interpretant vostre songe celeste,
Comme du mien il fut vray interprete,
Ne soyez pas estonné de le voir
Mal habillé, & en foible pouuoir,
Car pour cela il n'a moindre science,
Ny du futur plus foible cognoissance,
Ie croy qu'il peut vos trauaux secourir.

Pharon.

Sus, Sommelier, sus qu'on l'aille querir,
Qu'il vienne icy, & s'il me peut predire
Les cas futurs qu'entendre ie desire,
Ie le feray grand de fait & de nom,
Et publiray en tous lieux son renom.
Or sus, va-ten le querir à ceste heure,
Et peu soigneux, en ton chemin demeure,
Car ie n'auray de bienheureux confort,
Que ie ne sçache & ma fin & mon sort.

Sommelier.

Sire, ie vois parfaire en diligence
A mon pouuoir voftre iufte ordonnance,
Hau, Robillard, fus, ouure la prifon.

Robillard.

Pourquoy cela? morbieu tu as raifon
De commander d'vne fi fiere audace.

Fribour.

C'eft bien à toy a vfer de menace,
Mais veux-tu point en prifon retourner

Sommelier.

Ouure foudain, & fans plus feiourner,
Le Roy le veut, par luy ie le commande,
Et fa grandeur le bon Iofeph demande,
Faut le conduire en fa riche maifon.

Fribour.

Il ne reftra donc perfonne en prifon.

Robillard.

Nous n'aurons donc plus perfonne en feruage?

Sommelier.

Ie n'ay fouci de toy, ny ton langage,
Rens-moy, Iofeph, pour le mener au Roy.

Robillard.

Puis qu'ainfi eft, ie quitte par ma foy
Prifon, & clefs, meftier, toute iuftice,
Qui ne vaut rien filon ne commet vice.

Fribour.

Au diable foyent prifon & prifonniers,
Car ce meftier ne vaut pas deux deniers
S'on ne fait mal, il eft plain de trifteffe,
Ainfi le vice entretient fa richeffe.

Sommelier.

O bon Iofeph, à cefte heure tu voy

Que i'ay eu soin de te garder ma foy,
Car ie te veux en liberté remettre,
Et te mener vers le Roy nostre maistre,
Pour expliquer vn songe qu'il a fait,
Qui te rendra grand de nom & d'effet.

Ioseph.

Allons amy, Dieu me face la grace
Que pouuoir plaire à sa royalle face,
Et d'accomplir ce qu'il cherche de moy,
Car c'est grand heur que seruir à son Roy,
Adieu enfans, si onc i'ay de puissance,
De vos bienfaits vous feray recompence.

Robillard.

Adieu Ioseph, Dieu soit auecque vous.

Fribour.

Adieu, Ioseph, au moins beuuez à nous.

Robillard.

J'ay grand regret en cet homme fidelle,
Car il estoit plein d'honneur & de zele,
Me seruoit bien au gré de mon desir,
Ie luy faisois aussi bien du plaisir,
Le laissant libre en la prison fermee,
Car on se fie en vne ame bien nee.

E iij

SCENE V.

Sommelier. Pharon. Ioseph. Putifar.

SOMMELIER.

Sire, voicy Ioseph sage & discret
Qui entendra vostre diuin secret,
Interpretant vostre songe admirable,
Pour en sçauoir n'auoir point de semblable.
Pharon.

O ieune fils, aurois-tu le pouuoir
Soudre ce cas par ton docte sçauoir?
Si tu le fais, ie feray ta fortune
Grande en Empire, & à nulle commune,
Tu seras grand presques autant que moy,
Et obey comme vn souuerain Roy,
Mais garde-toy, si mon fait tu expose
Dire pour moy quelque agreable chose,
Dissimulant la pure verité,
Pour n'atrister ma sainte maiesté,
Dis-m'en le vray, & si ta grand science
Peut de ce fait auoir la cognoissance.
Ioseph.

Sire, i'espere en la grace de Dieu,
Que ie pourray vous seruir en ce lieu,
Tant seullement racontez vostre songe.
Pharon.

En mille effrois son souuenir me plonge,
Il me sembloit me promener au long
D'vn fleuue clair, & rapide & profond,

Et ie voyois sept vaches grasses fieres,
Sortans d'autour de petites riuieres,
Pour s'en aller vers les proches marchez,
Dont il sortoit sept vaches par apres,
Maigres sur tout, defaites, descharnees,
Et à la mort par la faim deslinees,
Ces maigres cy, d'vn pas prompt & non feint,
Vont au deuant des graces bien empoint,
Les deuorans d'vne affamee audace,
Et tant que rien n'en demeure en la place:
Pour tout cela, & pour ce bon repas
Les maigres lors plus grasses ne sont pas,
Restans tousiours maigres & affamees,
De palle faim à demy consommees,
Lors ie m'esueille, en soucy de ce point,
Puis me rendors par le sommeil contraint,
Ie fis encor vn songe plus horrible
Que le premier, & au penser terrible,
Car ie voyois sept espis de froument,
Sortans d'vn pied, chargez abondamment,
Pres à couper, presque meurs, dont la teste
Pendant en bas de iaune grain couuerte,
Pres de ceux cy, sept autres longs espis
Estoyent plantez, maigres, sechez, petits,
Prests à mourir faute par aduenture
Ou de rosee, ou bien de nourriture,
Ces sept derniers deuorent d'vn repas
Les sept premiers, si fertiles & gras,
Ce qui à coup me fait tant de merueille,
Et de frayeur, qu'en sursaut ie m'esueille,
Fort estonné pensif, & plein de peur,
Pour redouter quelque futur malheur.
Voila mon songe, or dy-moy ie te prie

E iiii

Ce qu'il veut dire, & ce qu'il signifie,
Sans deguiser pour moy la verité.

Ioseph.

Sçachez ô Roy, rempli de maiesté,
Bien qu'ayez fait deux songes dissemblables,
Ils sont pourtant en effet tout semblables,
Un pareil fait ils denottent tous deux,
Et ce fait est & terrible & douteux,
Mais escoutez, comme sacré prophete
Du Dieu du ciel, vos songes l'interprete.
Les vaches sont bestes de long labeur,
Et des bouuiers le profit & l'honheur,
Les grasses donc des maigres consommees,
Monstrent la faim, & par autant d'annees
Qu'estoit leur nombre, en ce pays chetif
Et de la faim chetiuement captif,
Autant de temps la faim aura puissance,
Qu'est la fertile, & heureuse abondance
Representee es sept vaches de pris,
Comme en ap es par les sept beaux espis,
Et les sept ans de famine steriles
Representez par les vaches debiles
Qui deuorans les grasses, me font voir
Que la famine aura bien le pouuoir
De deuorer la fertile semence,
Et tous les fruits des sept ans d'abondance,
Les vaches sept maigres, qui n'ont esté
Pour deuorer les grasses à planté,
Pour ce repas plus de graisse couuertes,
Monstrent qu'on peut euiter à ces pertes,
„Car, ô grand Roy Dieu qui nous aduertist
„Des cas futurs, le mal en diuertist,
„En nous donnant par sa sainte prudence

De s'en sauuer la celeste puissance,
Faites serrer tous les bleds des sept ans
Qui doyuent estre en tous fruits abondans,
Et cependant que sera la disette,
Distribuer de façon si discrete,
Que chacun ait du bled pour sa santé,
Pendant le temps de la sterilité,
Par ce moyen vous sauuerez l'Egypte,
De ceste faim, qui la rendra destruite.

Pharon.

O grand sçauoir! ô diuine vertu!
Dont ie te voy ieune fils reuestu,
O admirable & celeste prudence,
Qui des secrets as toute cognoissance:
O saint Prophete! & des grands dieux aimé
De leur saint feu saintement enflammé,
Que ie t'honore, & suyuant ma promesse
Ie te fais chef de toute ma noblesse,
Te donne tout pouuoir en mes citez,
Qui flechiront dessous tes volontez,
Tu me seras pareil en mon empire,
Sans qu'aucun ait pouuoir de te desdire,
Tu commanderas aux princes & aux preux,
Et le public te presentera ses vœux,
Tout est à toy, fors ma riche couronne,
Tien ce manteau royal que ie te donne,
Ce sceptre d'or, & aussi mon anneau,
Si precieux, si puissant, & si beau,
Dont tu pourras, comme ie fais, ton maistre,
Seeller à droit tout papier, toute lettre,
Tu seras seul sur le trosne posé,
Et sur les bleds du pays preposé,
Que d'vne main sage, prudente, vtile,

E v

Distriburas à chacune famille,
Faisant si bien par ton diuin sçauoir,
Que chacun puisse a se viure en auoir,
En attendant que la famine passe,
Et que vers nous l'abondance repasse,
Ce que feras sera tenu de moy
Bien accomply, comme second au roy,
Me reposant sur ton sçauoir vnique,
De mon estat, & de la republique,
Et ne voulant te contredire en rien,
Comme estant seul autheur de nostre bien:
Sus cheualliers, sus magnanimes princes,
Sus gouuerneurs, Satrapes dès prouinces,
Obeissez à Ioseph comme à moy,
Et luy donnez de ce faire la foy,
Qu'il soit conduit en pompe magnifique
Par le milieu de ceste ville antique,
Suiuy de vous, & en royal array,
Comme l'on fait vn grand & puissant roy,
A celle fin que chacun le contemple,
En admirant sa doctrine si ample,
Et qu'on luy face & mille & mille honneurs,
Comme au seigneur de tous riches seigneurs,
Or sus, allez, car ce fait ie desire.

Putifar.

Nous y allons soudainement, ô Sire.

Ioseph.

O puissant roy, à genoux ie me mets
Te rendant gloire & honneur à iamais,
En te iurant de t'estre tresfidelle,
Seruant tousiours ta grandeur eternelle,
De n'y faillir, & d'auoir soucieux
Tousiours ta crainte au deuant de mes yeux.

,, Ainſi le Dieu des grands dieux recompence,
,, Ceux là qui ont ſouffert pour l'innocence,
,, Donnant courage à tous de l'honorer,
,, Puis qu'il les peut de malheur retirer.

Ils meinent Ioſeph en triomphe par la
ville, les inſtrumens chantans ces vers.

ODE.

Nous ſommes pour chanter ta gloire,
O bon Ioſeph, plein de ſçauoir,
Car par toy nous auons victoire
Du mal qui tuoit noſtre eſpoir.

Par toy la cruelle famine
Se retire de nos coſtez,
Ainſi par ta grace diuine
Les malheurs nous auons domtez.

Le Roy te priſe & te reuere,
Et le public t'offre ſes vœux,
Car des hommes tu és le pere,
Et le mignon des puiſſans Dieux.

Tu cognois leurs ſaintes merueilles,
Et ſauue le peuple abatu,
Eſtonnant nos foibles oreilles,
Et tous nos yeux de ta vertu.

O bon Ioſeph \ touſiours en vie
Soyent ta vertu & ton ſçauoir,
Leur gloire doit eſtre infinie,

Comme infiny est ton pouuoir.

Et nous heureux par prudence,
Irons honorans ta grandeur,
Car le bien fait veut recompense
Sinon d'effet, aumains d'honneur.

Sois donc beny Ioseph propice,
Des hommes & dieux de pais,
Et honoré de ta iustice,
Vis en honneur, & nous en paix.

SCENE derniere.

Briant. Gautier. Ennier.

BRIANT.

IE suis venu pour deceuoir
Mes compagnons, à mon pouuoir,
Apportant l'oye toute entiere,
Mais ma foy ils n'en mangeront guere,
Car ie feray si bien le fin,
Que i'auray oye, pain, & vin,
Et eux du vent de la cuisine,
Qui n'a maintenant l'ame fine,
N'est plus en honneur ny credit,
Car aux plus fins est le profit,
Et qui plus a de tromperie,
A plus d'honneur durant sa vie,
O ie vois attendre mes gens.

Gautier.

Faut aller à pas diligens
Trouuer Briant, ô la bouteille,
Et faire chere nompareille,
Ainsi nous l'auons aduisé,
Ma foy, il m'auoit deniaisé,
Ie mangeray en recompence
Son oye bonne d'excellence,
Et beuuant ma part de mon vin.
O le voicy, bon-iour voisin.

Briant.

Bon-iour, Gautier, comme te porte
O la bouteille tu apporte,
Tu sois le bien venu ma foy.

Gautier.

Et toy bien trouué pres de moy,
Mais Ernier longuement demeure.

Ernier.

Il me faut aller à ceste heure
Trouuer Briant, Gautier aussi,
Portant ce bon pain que voicy,
Et encore ce bon fourmage,
Pour manger trestous de courage,
Ho, nous ferons un bon repas
Tant que chacun en fera gras,
Et mangerons tous à grand ioye,
De Briant la grasse & bonne oye,
Mais les voicy bon-iour seigneurs,
Car à tous seigneurs tous honneurs.

Briant.

Bon-iour, Ernier, sus, sus à table
Mangeons d'un gosier delectable.

Gautier.

Mettons la nappe sur ce pré,
De cent mille fleurs diapré.

Ernier.

Voila mon pain, & mon fourmage,
Qui est fait de riche laitage.

Briant.

Et voila mon oye en saison.

Gautier.

Voila mon vin en ce flacon,
Or sus, beuuons de bonne grace,
Ie veux premier en ceste place
Taster le vin. Ernier. Non, sera moy.

Gautier.

Tu'auras menty par ma foy,
Il faut le premier que i'en boine.

Ernier.

Auant, il faut que tu reçoiue
Mille coups de poin de ma main.

Gautier.

Ie boiray le premier, vilain.

Ernier.

Tu en mentiras par la gorge.

Gautier.

Il faut que ce ladre i'esgorge,
Qui veut ainsi boire mon vin.

Ernier.

Ie veux assommer ce mastin,
Qui fait ainsi de l'habille homme.

Gautier.

Villain, il faut que ie t'assomme.

Briant.

Hola, hola, soyez amis,

Et non pas ainsi ennemis.
Or ie veux bons amis vous rendre,
Et vn bon moyen vous apprendre
A qui boira sans nul discord
Le premier, sans faire aucun tort.
Il faut vous bander le visage,
Puis faire trois tours de courage
Auecques vn baston és mains,
Et apres ces trois tours soudains,
Ce qui en ce rond pourra mettre,
Boira premier, sera le maistre,
N'est-ce pas vn fait bien accord,
Pour vous mettre tous deux d'accord?

Gautier.

O c'est bien dit, que l'on me bande.

Ernier.

Autre chose ie ne demande,
Car ie suis expert en cêt art.

Il les bande, tournent, prend
tout & s'en va.

Briant.

Pendant que courez le hazard
A qui premier boira vendange,
D'vn autre costé ie me range,
Auec cecy, adieu voisins,
Qui faisiez tant les braues fins.

Gautier.

I'ay mis dedans, çà, çà, à boire.

Ernier.

Tu n'as encor eu la victoire,
Car i'ay mis au pres comme toy,

Mais va pourtant, le premier boy.

Gautier.

Ho, ho, où est nostre bouteille?

Ernier.

Morbieu, voicy grande merueille,
Il n'y a plus rien sur le pré.

Gautier.

Briant, le villain deshiré,
A tout rauy, c'est chose seure.

Ernier.

Allons apres, & qu'il en meure.

Gautier.

Il nous vient tousiours affronter.

Ernier.

Morbieu, il le faut bien froter.

F I N

Pour remplir ces pages qui re-
ftoyent blanches, auons ad-
ioufté ce qui s'enfuit.

QVATRAINS.

I.

LE bien de l'homme eft au repos de
l'ame,
Et fon repos ne peut eftre qu'en Dieu,
Qui l'imagine, ou cerche en autre lieu
Au lieu de paix, vn tourment il fe trame.

II.

Tel bien fouuent ennuyé de fon aife,
Se laiffe aller aux malheurs d'vn plain faut,
Et celuy là qui penetre trop haut,
D'vne bonne œuure en fait vne mauuaife.

III.

Chacun dit-on a quelque propre vice,
L'vn eft auare, & l'autre ambitieux:
Mais en deux mots, tout homme eft vicieux,
Et n'y a rien dedans nous que malice.

IIII.

Nous difcourons des vaines deftinees,
De l'heur du temps, & du malheur commun:
Mais nous n'auons de celuy foin aucun,
Qui donne cours à toutes chofes nees.

QVATRAINS.

V.

Ce que ie veux soudain ie le refuse,
Le monde m'est trop inconstant & vain,
Pour dire mieux rien en moy n'est certain,
Et de ces maux moy-mesmes ie m'accuse.

VI.

L'ambitieux, d'vn lieu en l'autre saute,
Et si ne peut aucun repos sentir,
Qui ne voudroit la raison dementir,
On trouuera que c'est sa propre faute.

VII.

Ie ne voy rien au ciel, & sur la terre,
Qui n'ait esté du temps de nos ayeux:
I'ay froid, i'ay chaud, ie croiss, ie deuiés vieux,
Ie suis en paix, & suis tantost en guerre.

VIII.

Autant me vaut vn iour que dix annees,
Pour m'assouuir des plaisirs d'icy bas,
Puis qu'aussi bien il faut passer le pas,
Et que mes ans sont comme fleurs fannees.

IX.

Il n'y a rien qu'vn foible esprit ne tente,
Depuis qu'il est saisi de passion:
La Passion est vne impression,
Qui des plaisirs aux oreilles nous chante.

X.

Iamais le fol ne recognoist sa faute,
S'il n'a senti quelque incommodité,
Mais s'il aduient qu'il y ait resisté,
Il en a l'ame, & la raison plus haute.

XI.

Entre les maux la vertu se façonne,
Et peu souuent se trouue vn vertueux,

QVATRAINS.

Qui n'ait esté autrefois comme ceux
Ausquels le blasme, & le suplice on donne.

XII.

Le vice est nay au cœur mesme du sage,
Mais, à ce vice il ne donne loisir
L'ignorant seul se plaist de le choisir,
Et en tout temps luy permet le passage.

XIII.

C'est vn malheur commun à la folie,
Que de cacher à soy-mesme son fait,
Celuy qui est de nature imparfait,
Est bien marry que tel on le publie.

XIIII.

Voila pourquoy le fol iamais ne change
Car il prend peine a flater ses esprits:
Et tant s'en faut qu'il vueille estre repris,
Que de luy-mesme à luy-mesme il s'estrange.

XV.

Comment pourra communiquer son aide
Le medecin au pauure qui se plaint,
S'il ne sçait point où la douleur l'estraint,
Ny où il doit appliquer le remede?

XVI.

Le blanc plus seur où la sagesse vise
C'est la rondeur fille de verité:
Qui à tel but a l'esprit arresté,
Il trouuera que tout n'est que feiatise.

XVII.

Tel pour n'auoir à son vice vne amoroe,
Le cache vn temps sous l'ombre de vertu,
Ainsi de froid le Serpent abatu,
Perd du venin non l'estre, mais la force.

QVATRAINS.

XVIII.

L'homme n'est plus qu'vne beste farouche,
Quand il tient fort contre sa liberté:
Et d'autant plus qu'il en est escarté,
Plus son tyran le poursuit, & le touche.

XIX.

Le mal n'est mal qu'en tant qu'on le fait estre,
Veux-tu donc faire à tes ennuis la loy?
Touche, sauoure, escoute, flaire, voy,
Mais que sur tout ton esprit soit le maistre.

XX.

Le tout de tout, c'est qu'il faut que tout passe,
Et vienne au poinct, car rien de constant n'est
Que l'vnité: tout meurt, & tout renaist,
Chaque chose à son ordre, & son espace.

XXI.

Oncques ne sçeut l'homme ignorant bien dire,
Car son but est de parler sans sçauoir,
Pour bien parler faut cognoissance auoir,
Car le sçauoir fait les bons mots produire.

XXII.

De chaque chose, & souuent de la moindre,
On peut tirer & profit, & plaisir:
Raportant tout au vertueux desir,
Qui sçait le bien à son semblable ioindre.

XXIII.

L'homme de bien fait cognoistre sa force,
Au temps plus aspre, & contraire à ses vœux:
Comme le chesne au tronc ferme & neruæux,
Vne vigueur qui languist sous l'escorce.

XXIIII.

Mais vain penser, & folle outrecuidance,

QVATRAINS.

Malheur certain des hommes infenfez:
Qui iufqu'au ciel veulent eftre auancez,
Et n'ont du ciel aucune cognoiffance.

XXV.

L'honneur n'eft rien, fi l'honneur fe contemple
Au feul raport que le monde conçoit:
L'or fait l'honneur, au monde, & qui n'y croit,
L'eftat des grands luy feruira d'exemple.

XXVI.

Tout gain fent bon à qui le gain s'adreffe,
Et qui du gain fait fon but, & fon Dieu,
Le fallut-il cercher mefme en vn lieu
Le plus infait, il y court à la preffe.

XXVII.

Apren tandis que ton âge boutonne,
Apren toufiours, tant que tu faches bien,
Comme Socrate enfin ne fçauoir rien,
Car tel fçauoir vaut plus qu'vne couronne.

XXVIII.

Il ne me chaut qu'vn grand cercle ie face,
Ou vn petit, quand ie veux demonftrer,
Ce m'eft affez fi ie peux rencontrer,
Le vray patron, qui ne gift en l'efpace.

XXIX.

Il faut ouyr conftamment les rifees
Que l'on te fait, & au bien entrepris,
Si c'eft vn fol, mefprifer fon mefpris,
Sans en laiffer de fuyure tes brifees.

XXX.

Si en quarré ton bataillon fe flanque,
Tes ennemis le trouuent en tout fens:
Difpofe ainfi tes vertus par le fens,
Si qu'en nul temps le fecours ne te manque.

QVATRAINS.

XXXI.

Entre les maux que le corps doyue craindre,
Les plus cachez sont les plus dangereux,
Aussi l'esprit est tant plus vitieux,
Qui ord qu'il est, prend plaisir de se feindre.

XXXII.

Qui ne peut voir son prochain qui prospere,
Il meurt cent fois, & ne peut viure à soy,
Mais le sage est & seul libre, & seul Roy,
Et seul exempt en tout temps de misere.

XXXIII.

Sçauoir partir vn genre en ses especes,
C'est d'où despend Sophiste tout ton art,
Mais tu ne peux te faire vn genre à part,
Veu que tu es basti de tant de pieces.

XXXIIII.

On ne voit rien qui tant soit peu demeure,
Mesme en parlant du viste changement,
Ie suis changé moy-mesme aucunement,
Et ne suis plus ce que i'estois à l'heure.

XXXV.

Le bon esprit ne s'achete, ne preste,
Et croy qu'encor qu'il fust a vendre ici,
Que nul n'auroit en ce temps le souci,
De l'acheter, tant est vn chacun beste.

XXXVI.

L'homme de bien comme vn Phœnix vnique,
Ne naist chez nous que de cent en cent ans:
Ne perds donc cœur pour voir tant de meschans,
Tel est le sort de nostre siecle inique.

XXXVII.

Nous disons bien que telle est la coustume,
Pour nous sauuer du nom de vitieux:

QVATRAINS.

Mais nous tenons ce mal de nos ayeux,
Et l'eleuons chez nous dedans la plume.

XXXVIII.

En peu de mots ma doctrine ie ferre,
L'esprit ouuert l'oyra s'il la reçoit:
Le grain semé quelque petit qu'il soit,
Pousse en auant s'il trouue bonne terre.

FIN.

www.ingramcontent.com/pod-product-compliance
Lightning Source LLC
Chambersburg PA
CBHW060821250626
47162CB00005B/1895